GERD ZIMMERMANN

Bei Daimlers unterm Sofa

Satirische Geschichten

Der Autor

Gerd Zimmermann, Diplom-Journalist und Diplom-Betriebswirt, 50, in Offenburg geboren, arbeitet als Wirtschafts- und Motorjournalist in Stuttgart. Bisher sind von ihm diverse Fachbücher über Management-themen, über Weine und ihre Erzeuger sowie satirische Kurzgeschichten in Humorbüchern und Tageszeitungen erschienen. Er ist verheiratet und Vater von zwei schulpflichtigen Jungs.

I. Auflage 2003

www.mps-mobilpress.de
Gestaltung: wilde2, Stuttgart · Stefan Dehmel
ISBN 3-936505-00-4

Für Gottlieb Daimler

Der Kern der Wahrheit

Die in diesem Buch vielleicht offensichtlich werdenden Frustgefühle bei einigen Daimlers – Mitarbeiter bei DaimlerChrysler in Stuttgart und Sindelfingen – hinsichtlich der Verbindung mit Chrysler täuschen.

Alle Daimlers, die an diesem Buch mitgewirkt haben, meinen: »Wenn diese Verbindung Gott gewollt hat, dann können wir Erdenbürger daraus nur das Beste machen.«

Weiter meinen sie: »Man muss auch über sich selbst lachen können.«

Darüber hinaus meinen sie: »Bisher geäußerte Meinungen sind auch die Meinungen anderer Daimlers, die keine Episoden, Geschichten und so weiter zu diesem Buch beigetragen haben.«

Den Daimlers, die anderes meinen sollten, sei gesagt: »Dieses Buch ist ein satirisches Werk.«

Weiter sei ihnen gesagt: »Die Episoden, Geschichten und so weiter sind so überzogen, dass die Wahrheitskerne nur schwer zu finden sind.«

Die schwäbischen Daimlers, von denen in diesem Buch die Rede ist, sind wie Du und Ich. Essen, trinken, schlafen und lieben auch, gehen ebenfalls zur Toilette. Nur eben, sie haben einen Stern in der Brust.

Dieser drückt manchmal, doch kurz bevor die Brust platzt, besinnt man sich wieder. Man ist ja ein Daimler. Die Brust eines Daimlers darf nicht platzen.

Oder man arbeitet an einem Buch mit, das veröffentlicht wird.

Inhalt:

Clevere Konzernchefs propagieren bei Untergebenen das Wir-Gefühl mit dem Hinweis: Wir sind eine Familie. In jeder Familie gibt es Aufs und Abs, unterschiedliche Ansichten und Meinungen, vor allem wenn die Familie sehr groß ist.

Wenn in einer Großfamilie die Gläser fliegen

Laute Beschimpfungen, etwas scheppert, zerplatzt, vielleicht ein Teller, mit Wucht auf den Boden geworfen.

»Müllers streiten wieder einmal«, sage ich zu meiner Frau. »Mal sind sie ein Herz und eine Seele, laufen Händchen haltend durch den Aldi, mal fetzen sie sich bis aufs Messer, zertrümmern hörbar ihr Geschirr. Feuer und Eis. Dazwischen gibt es bei denen nichts.«

»Die sind verrückt«, sagt meine Frau und bläst den Rauch der Marlboro gegen die Zimmerdecke. Wir sitzen am Esstisch, trinken Kaffee, was wir vormittags gegen elf Uhr oft tun. Zum Abschluss des ruhigen Vormittags, zum langsamen Einstimmen auf die Mittagszeit, wenn die Kinder aus der Schule kommen. Sie verbindet das Kaffeekränzchen häufig mit der Ersten-Marlboro-am-Tag.

»Nach außen wollen sie etwas Besonderes sein, tragen ihre Nasen hoch, höher geht es nicht mehr. Zu Hause schlagen sie sich die Köpfe ein.« Angewidert schüttelt sie den Kopf.

»Wir streiten auch manchmal, doch nie so heftig.«

»So?« Spöttisch zieht sie die Augenbrauen hoch und zeigt mit der Zigarette auf einen entfernten, leicht hellroten, stellenweise gelblichen Fleck auf der ansonsten weißen Wohnzimmerwand. »Du streitest heftig, brüllst, mit Müllers kannst du lässig mithalten.«

Der Fleck stammt von einem Teller voller Spagetti, von meinem Teller, der zu meiner eigenen Überraschung dort landete. Ich hatte mir bis dahin eine solch spontan-aktive Wurfhandlung, ein Akt der Verzweiflung über ihre Uneinsichtigkeit, nicht zugetraut. Worin sie uneinsichtig war, das weiß ich nicht mehr. Ich erinnere mich nur noch an den Teller. Wie er zersprang, die Spagettis im Zeitlupentempo von der Wand rutschten. Nicht alle, einige blieben kleben, sahen wie Würmer in einer dicken, roten Pampe aus.

»Ich meine, wir streiten nicht so oft. Streit kommt in den besten Familien vor.«

Sie lacht, als ob ich einen guten Witz gemacht hätte. Von ihrer Zigarette fällt Asche auf den Tisch.

»Man kann nicht immer der gleichen Meinung sein«, ergänze ich irritiert.

»Gleiche Meinung heißt, deiner Meinung sein. Nein, ich kann nicht immer deiner Meinung sein.«

Im Bauch spüre ich ein Kitzeln, das untrügliche Zeichen für aufkommenden Ärger.

»Das ist wie bei Daimlers.«

»Bei wem?« Überrascht lässt sie die Hand mit der Zigarette, gerade wollte sie einen Zug machen, sinken. »Bei Daimlers?«

»Ja bei Daimlers! Dem Konzern in Stuttgart und in Sindelfingen. Die Daimlers haben ein Familienoberhaupt, den Schrempp. Dessen Meinung, weil Familienoberhaupt, hat grundsätzlich mehr Gewicht. Trotzdem stimmt er sich ab.«

»Du stimmst dich mit mir nicht ab. Nur deine Meinung zählt.«

»Das ist so nicht richtig.«

»Doch!« Wieder diese Uneinsichtigkeit. Ich hasse sie.

»Genauso wie Schrempp, genauso stimme ich mich ab. Mit dir und den Kindern«, entgegne ich gereizt. Das Kitzeln im Bauch verstärkt sich.

»Witzbold! Schrempp hat die Sache mit Chrysler eingefädelt, du und ich, wir kennen genug Daimlers, die da ganz anderer Meinung sind. Die die Meinung ihres Vorturners überhaupt nicht teilen.«

»Ihres Familienoberhaupts.«

»Er hat sie nicht gefragt. Er hat sich einfach über sie hinweggesetzt. Du setzt dich über mich auch oft hinweg.«

Ich merke, das Beispiel ist nicht das Beste. Tatsächlich meinen viele Daimlers, dass sie in der Sache Chrysler einfach übergangen wurden. Nie hätten sie dieser Kooperation oder

Übernahme, was auch immer, zugestimmt. Etwas lahm sage ich: »Wir wissen das mit Chrysler nur, weil wir etliche von Schrempp nichtbefragte Daimlers kennen. Bei Daimlers ist es nicht so wie bei Müllers, die an ihren Meinungsverschiedenheiten die gesamte Öffentlichkeit teilhaben lassen.«

»In diesem Punkt ist es bei uns noch wie bei Daimlers, gottlob.« Wieder geht nebenan etwas zu Bruch. Klirrend, sicherlich ein Glas. Wieder sind wüste Beschimpfungen zu hören. Er brüllt sie hinaus, sie antwortet kreischend.

»Man müsste einmal ein Buch über die gängigsten Probleme innerhalb einer Familie schreiben. Und darüber, wie diese Probleme vermieden oder schnellstens wieder ausgeräumt werden können.«

»Eine gute Idee, mach das!« Spöttisch lächelnd schaut sie mich an. »Das hätte auch gleich den Vorteil, du würdest über einige Ereignisse uns betreffend überhaupt einmal nachdenken.«

»Ich denke immer über alles nach.«

»Nicht richtig oder nicht gründlich genug. Wenn du ein Buch schreibst, dann musst du dich zwangsläufig mit deinen oftmals unmöglichen Reaktionen befassen. Das kann nur gut sein. Geh rüber zu deinem Schreibtisch, fang an! Schreibe das Buch! Ich muss mich jetzt um das Mittagessen kümmern. Wenn unsere Kinder aus der Schule kommen, wollen die etwas zu essen haben.«

Im Nebengebäude, in meinem Arbeitszimmer, an meinem Schreibtisch sitzend zünde mir eine Zigarre an. Wenn ich nachdenke, richtig nachdenke, rauche ich immer eine Zigarre. Vielleicht aus Gewohnheit. Vielleicht aufgrund der Einbildung, dass durch sie auch die verborgensten Gehirnwindungen aktiviert werden. Die für die Bildung von besonders guten Gedankengängen verantwortlich sind.

Meine Freunde beim Stern fallen mir ein. Manchmal sagen sie: »Wir von der Stern-Familie...« Tatsächlich Familie? Wirklich? Das mit Schrempp und dem Familienoberhaupt habe ich vorhin nur so daher gesagt. Geschah aus Verlegenheit, war ja auch kein gutes Beispiel. Daimler und Familie? Irgendwo schon, ja, gebe ich mir selbst Antwort. Auch was Peter, Ralf und Norbert, jahrzehntelange, waschechte Daimlers, gestern im Tennisstüble sagten, klingt nach Familie. Die Kinder, Mitarbeiter der Forschung und Entwicklung, machten nicht was die Eltern, Schrempp & Co., wollten.

Die Kinder verwiesen auf ihre Spielkameraden bei Audi und BMW, sie wollten nicht gleiche oder ähnliche Spielzusatzgeräte entwickeln. Spielzusatzgeräte, welche die anderen schon haben. Es sollten ganz andere, neue sein. Das ärgerte die Eltern, die meinten, dass man mindestens jenes haben sollte, was die anderen haben – bevor man gar nichts hat, bevor man mit neuen Entwicklungen glänzen kann.

Fortsetzung folgt, sicherlich erfahre ich am Wochenende im Tennisclub wie die Eltern genau reagierten. Ob sie den Stock hinterm Schrank hervorholten oder Einweisungen in ein Internat befahlen – hier: Die Aufsässigen nach Brasilien schickten. Oder irgendwo an den Rhein, Raum Köln-Düsseldorf, was für Schwaben auch schlimm ist.

Ralf sagte gestern zum Abschied: »Man müsste über alles mal ein Buch schreiben.« Die anderen nickten. Ralf hatte das mit dem Buchschreiben schon öfters gesagt, die anderen hatten dabei auch schon des öfteren genickt.

Ich fasse den Beschluss, auch zu nicken. Ein Familienbuch mit vielen anschaulichen Familiengeschichten soll es sein. Das Familienbuch: Die Daimlers.

So ein Buch über Müllers oder gar über meine Familie, nein, das wäre zu indiskret. Überhaupt, bei Daimlers ist viel mehr los. Viel mehr Feuer, viel mehr Eis. Auch ist da viel mehr Geschirr.

Bei DaimlerChrysler haben schwäbische Daimlers immer noch Zuordnungsschwierigkeiten, auch badische Benzler, doch die sind noch schlechter dran. Ansonsten: Schwäbische Daimlers können auch hochdeutsch schwätzen.

Die Daimlers: Schwäbisch und hochdeutsch

Stuttgart ist eine Autostadt, nicht wegen Porsche oder gar, in Ersatz- und Zubehörteilen gedacht, wegen Bosch, sondern nur wegen Daimler, so sehen es zumindest die Mitarbeiter dieses Autokonzerns – die Daimlers. Sie sind bei keinem Konzern mit einer Autosparte beschäftigt, nein, sondern bei dem Autokonzern. In »dem» steckt so etwas wie: Der Beste, Schönste, Erfolgreichste, bei dem haben schon mein Großvater und mein Vater gearbeitet.

Gleiche Denke bei den Daimlers in Sindelfingen – in dieser Stadt, vor den Stuttgarter Stadttoren gegen Süden gelegen, unterhält der Autokonzern ein beachtlich großes Werk. Auch dort gibt es Generationen von Daimlers.

Nein, die Übernahme von Chrysler durch den heimatlichen Autokonzern ist den Stuttgartern und Sindelfingern nicht entgangen. Auch die Diskussion nicht, ob es eine Fusion oder Übernahme ist. »Eine Übernahme, logisch«, lautet ihr fachlicher Kommentar. Allein an der Akzeptanz fehlt es ihnen. Dies drückt sich im Sprachgebrauch aus, niemand sagt DaimlerChrysler oder nur DC: Daimler bleibt Daimler.

Dies verbunden mit der trotzigen Hoffnung, dass, obwohl die Holding von DaimlerChrysler in den USA sitzt, der Daimler nach wie vor schwäbisch ist, nicht amerikanisch. Diese Hoffnung eint Stuttgarter und Sindelfinger Daimlers und Nicht-Daimlers in tragischer Weise. Da der schwäbische oder vielleicht doch irgendwo auch amerikanische Autokonzern so gut wie keine Steuern mehr zahlt, äußerst seltene Ausnahmen bestätigen die Regel, herrscht in den Säckeln beider Städte eine erschreckend tiefe Leere. Diese von allen bedauerte Extremsituation sorgt inzwischen für einen gewissen Separatismus. Die Sindelfinger heben zwar die Fahne für die Autostadt Stuttgart hoch, doch das hat einen pragmatischen Grund. Stuttgart ist die Landeshauptstadt von Baden-Württemberg, was schon etwas heißen will, ist größer, bekannter und gibt mehr her, wenn internationale Daimler-Gäste kommen. Die allerdings sollen in Sindelfingen übernachten, da ihre Spesen ausgeben.

Insgesamt besinnen sich alle Sindelfinger mehr auf ihr Selbstwertgefühl, betonen verstärkt ihre Interessen. Im Wettkampf mit den Stuttgartern versuchen sie Gelder aus landespolitischen Töpfen locker zu machen. Gleichzeitig gehen sie verstärkt einen eigenen Weg. Zum Beispiel in der Tourismuswerbung. Motto: »He ihr Touris, kommt zu uns, nicht zu den Stuttgartern, bei uns ist es viel schöner.«

Experten beider Städte meinen, diese Entwicklung zum Separatismus legt sich, wenn der Autokonzern mal wieder und vor allem regelmäßig Steuern zahlen wollte. Eine Prognose, wann dies der Fall sein könnte, wollen sie nicht abgeben. »Dafür sind wir zu klein, zudem haben wir keinen Einblick.«

Unabhängig von der Steuerausfallsituation, Daimlers prägen besonders in Sindelfingen auch die Verkehrssituation. Ein jeder Bürger dieser nur kleinmittelgroßen Stadt hat die Schichtpläne des Autowerks im Wohnzimmer, in der Küche oder in der Garage hängen. Das ist lebenswichtig für das eigene Fortkommen.

Nach Ende einer jeden Schicht sind die Straßen im Umkreis von mindestens zehn Kilometern zu, vollgestellt von heimfahrenden Daimlers. Um da nicht hineinzugeraten, hat sich der gesamte Geschäfts- und Privatverkehr auf die Pläne eingestellt. Immerhin, beim Daimler in Sindelfingen sind weit über 30000 Daimlers beschäftigt. Eigentlich sind es weit über 60000, wenn man die Halb-Daimlers – Mitarbeiter der Zulieferbetriebe, Beispiel: Bäcker einer Bäckerei backen Brezeln für die Werkskantine – mit berücksichtigt. Auch die Zulieferbetriebe haben sich mit ihren Zeiten den Schichtplänen angepasst.

Obwohl der Daimler keine oder nur minimalste Steuern bezahlt, sind die Daimlers in Stuttgart und Sindelfingen gern gesehen. Sie zahlen ihre Steuern – Lohn-, Einkommenssteuer und so weiter. Netterweise investieren sie auch einen wesentlichen Teil ihres Geldes in den lebensnotwendigen, eigenen Fortbestand vor Ort. Sie gehen in Kinos, in Restaurants, kaufen beim Breuninger ein, was ebenso Arbeitsplätze sichert.

Vor kurzem herrschte bei etlichen Sindelfingern eine Aufbruchstimmung vor, ein kleines Licht am großen dunklen Horizont erstrahlte: Bürgermeisterwahlen standen an. Der aussichtsreichste Kandidat hieß Vöhringer, genauso wie ein Daimler-Vorstandsmitglied. Optimistische, wahlberechtigte Stadtbewohner vermuteten eine Vater-Sohn-Beziehung, kombinierten, dass im Falle eines Wahlsiegs des Sohns der Vater aus einem besonderen Gefühl heraus ein geldwertes Daimler-Füllhorn für die Stadt öffnen würde.

Doch diese Vater-Sohn-Beziehung gibt es nicht. Es gibt auch keine andere verwandtschaftliche Beziehung, nur eine zufällige Namensgleichheit. Gerüchten zu Folge hätten das viele Sindelfinger erst nach der Wahl mitbekommen, als der vermeintliche Vöhringer-Sohn sein neues Amt, aufgrund eines sehr deutlichen Wahlerfolgs, bereits angetreten hatte.

Viele der Stuttgarter und Sindelfinger Daimlers sind im Nebenberuf Landwirte. Die Skala reicht vom Landwirt mit Feldern und Rindern, Schweinen, Hühnern, vielleicht auch Schafen, über Bauer mit Reben – Weinbauer, auch Weingärtner oder Winzer genannt – bis hin zum Obstbauer, der so genannte Streuobstwiesen bewirtschaftet. Auf diesen Wiesen fällt das reife Obst auch von Bäumen wie anderswo, bleibt zerstreut liegen, wartet, bis es vom Bauern eingesammelt und zum Brennen aufbereitet wird. Die Rede ist vom Schnapsbrennen.

Im schwäbischen Verbreitungsgebiet der Daimlers gibt es über 7000 Obstbrennereien, die Hochprozentiges vornehmlich aus Kirschen, Birnen, Zwetschgen, Pflaumen, Mirabellen, Äpfeln, Quitten – also aus allem was auf Bäumen wächst – herstellen. Über die Gründe einer solch geballten Anhäufung rätseln die Experten. Einige unter ihnen sehen gar einen Zusammenhang mit der Arbeit beim Daimler. Nein, der Daimler zahlt nicht zu wenig. Im Gegenteil, die

Entlohnungen für menschliche Arbeit gelten allgemein als akzeptabel bis sehr gut. Es ist die Arbeit an sich, sie sei zuviel, viele. viele Überstunden sind ganz. ganz normal.

»Wieso eigentlich?«, fragen sich etliche Daimlers. »Unserem Autokonzern geht es wirtschaftlich doch sehr gut. Auch Steuern werden gespart. Könnte man da nicht die 30-Stunden-Woche einführen? Bei gleichem Verdienst, und mehr Leute beschäftigen?«

Andere Daimlers, die weniger arbeitsmarktpolitisch und freizeitorientiert denken, haben Probleme, die vielleicht mit der Musik am Montageband zusammenhängen: Sie gefällt ihnen nicht. Oder mit der Farbe der Werkzeuge: Gefällt ihnen auch nicht.

Bei einigen sind es nicht die Überstunden, auch nicht die Bedingungen am Arbeitsplatz, es sind die globalen Bedingungen – kurz Chrysler genannt – , die sie nachhaltig stören.

Allen Gruppen ist gemein, sie schieben einen teils beachtlichen Frust vor sich her. Viele lösen diesen durch Umwandlung von Obst in Schnaps. Die Ergebnisse werden nicht verkauft, auch nicht gelagert, verschenkt ebenso nicht, das macht ein Schwabe nicht. Die These vom totalen Eigenverbrauch werde nach Expertenmeinung durch die Gesichtsfarbe gestärkt. Immer mehr Daimlers zeigen sich in einem gesunden Rotton.

Eine deutliche Mehrheit der Experten meint, dass die hohe Zahl der Schnapsbrennereien und der hundertprozentige Eigenverbrauch oder vor allem mit dem »C» hinter dem »D» zusammenhängt.

Manche Daimlers würden sich fragen: »Wer oder was ist denn schon Chrysler? So ein Amerikaner, der angeblich auch Autos herstellt. Wirklich? Warum schreibt er dann eine rote Zahl nach der anderen? Wir, die Daimlers, müssen dafür bezahlen. Deren unendliches, permanentes Finanzloch immer wieder ausgleichen. Warum eigentlich?« Andere würden darauf antworten: »Keine Ahnung. Wissen wir nicht.«

Noch andere: »Schrempp wollte sein Gehalt aufbessern, jetzt kriegt er als Chef von allem mehr Geld. Über zehn Millionen Euro pro Jahr sollen es sein. Obwohl Chrysler ein maroder Laden ist.«

Wiederum andere: »Klar, der Zetsche, einer von uns, ein guter Mann, der ist jetzt drüben, in Amerika. Aber was kann er schon machen? Die anderen, General Motors und Ford, die gewähren Preisnachlässe, verschenken geradezu ihre Kisten. Preisstabilität ist für die ein Fremdwort. Da kann er nicht mithalten. Zumal, etwas zu verschenken, das hat er bei uns im Schwäbischen nie und nimmer gelernt. Schrempp soll rüber gehen, Zetsche soll wieder kommen.«

Der Frust allein aufgrund der Namensänderung ist nicht zu unterschätzen. Das lehrt ein Blick ins Badische. Als aus Daimler-Benz das Grandiosum DaimlerChrysler wurde, herrschte dort Sonnen- und Mondfinsternis zugleich. Bei den Psychiatern bildeten sich lange Warteschlangen.

Carl Benz, einer der Ihren, ein Badener, Miterfinder, wenn nicht überhaupt der Erfinder des Automobils, ausradiert? Einfach so wegen einem Amerikaner? Lange tot ist er schon, doch sein Name lebte. Jetzt wurde dieser schändlichst ermordet.

Die Badener entdeckten zum Bewältigen des Frusts für sich weniger das Schnapsbrennen, sie konzentrierten sich überwiegend auf den Weinanbau. Somit gibt es vor allem an der Badischen Bergstraße, im Kraichgau, bis rüber ins Tauberfränkische und runter in die Ortenau hinein, im Einzugsgebiet des Mannheimer Daimler-nicht-mehr-Benz-Werks, viele kleine, so genannte Hobby-, Freizeit- oder Feierabendwinzer. Auch sie trinken ihre Erzeugnisse vornehmlich selbst.

Gerüchten zu Folge habe das Schicksal der Badener die Daimlers in der Stuttgarter Autokonzernzentrale nicht bis wenig gerührt. Böse Zungen in Mannheim behaupten, weil sie Schwaben sind und daher schon von Geburt aus etwas gegen Badener hätten.

Angeblich weniger böse Zungen in Stuttgart behaupten, man habe das Geschrei und Wehklagen nicht nachvollziehen können, immerhin haben diese Gelbfüßler ein neues Werk bekommen: In Raststatt, in dem die A-Klasse das Licht der Welt erblickt. Niemand sollte undankbar sein. »Wenn nicht, dann schwätzen wir mit denen mal hochdeutsch«, wäre aus Stuttgart auch zu hören gewesen.

Vordergründig wohlwollende, schwäbische Zungen verweisen auf die Namensbezeichnungen der Autos mit dem Stern am Kühler. Sie würden nach wie vor Mercedes-Benz heißen. Dieser Hinweis sorgte eine Zeit lang tatsächlich für etwas Ruhe. Mit dieser war es vorbei, als gewahr wurde, dass alle Fahrzeuge nur noch Klassenmodelle sind: C-, E-, S- und so weiter Klasse. Kurz genannt: Die Mercedes-Group – nichts mit: Mercedes-Benz-Group, Aussprache dauert viel zu lang.

Keinen Frust schieben die schwäbischen Daimlers und die badischen Nicht-mehr-Benzlers, wenn die Sprache auf den Winzling Smart kommt. Ein Floh, der sie nicht beißt. Wohl aus drei Gründen. Smart ist nur konzeptet, zumindest offiziell, by Daimler, nein: by Mercedes-Benz. Smartmodelle haben keinen Stern am Kühler. Überhaupt, sind das wirklich Autos?

Ebenfalls keine Bedenken gibt es gegenüber dem japanischen Autohersteller Mitsubishi. Grundsätzlich, irgendwo muss man ja das viele Geld, über das der Daimler verfügt, anlegen, unter die Leute bringen. Das können auch Japaner sein. Einfach auf der Bank liegen lassen, das geht nicht. Bei diesem Japaner einen breiten Fuß in der Tür zu haben, das ist nicht verkehrt. Wird über das Grundsätzliche ein bisschen hinaus geschaut, hagelt es schon Kritik. Man habe sich, der Vorstandsvorsitzende Schrempp habe sich, zu teuer bei Mitsubishi eingekauft. Als sein Vorgänger Edzard Reuter noch mit diesen Fernost-Asiaten verhandelte, damals in Singapur, sei alles viel billiger gewesen. Auch hätten damals die Bischis schwarze Zahlen geschrieben, waren überhaupt nicht finanziell oder skandalmäßig gebeutelt. »Na ja, jetzt ist bei denen ein Daimler-Manager, der Rolf Eckrodt, auch ein guter Mann, der mistet aus.«

Manche Daimlers antworten darauf: »Warum müssen wir immer bei anderen aufräumen? Wir schicken unsere besten Leute zu anderen, damit sie dort die Drecksarbeit machen. Diese Leute fehlen uns. Wir sollten es umgekehrt machen. Die Wenigerguten bis Schlechten zu den anderen, die Guten bleiben da. So hätten wir endlich die Chance, dass der Schrempp bei den anderen ist.«

Gleiches Bild wie bei Smart, kein Gegenbedenken, besteht auch hinsichtlich des finanziellen und sonstigen Engagements bei dem koreanischen Autohersteller Hyundai. Auch hier meint man: »Ein Daimler-Fuß in der Hyundai-Tür ist nicht das schlechteste. Sicher kann man so in Korea mehr Fahrzeuge verkaufen.«

Auf die Frage: »Und hinsichtlich des technischen Transfers, der Nutzung der Hyundai-Technik für Daimler?« antworten sie: » Wir von denen? Spinnst du? Wir haben doch alles! Die transferieren höchstens von uns etwas ab! Na klar, die haben doch schon mit unserem guten Namen massivste Werbung betrieben.«

In der Tat, jenes Ereignis, als Hyundai die Verbindung zu Daimlers bekannt gab, damit vielleicht auch warb, ohne Rücksprache mit der schwäbischen Konzernzentrale – »Das hätten wir nie und immer erlaubt!» –, stieß auf massivste Kritik. Die einhellige Meinung: »Die machen mit unserem guten Namen den großen Max!« Aber alles ist wieder in Ordnung. Nach einem Telefonat gelobten die Gescholtenen Besserung in Form von Ruhigsein. Was sie einhalten, wenn man von Ausnahmen, die das Daimler-Engagement in China betreffen – Hyundai fühlt sich dadurch auf den Schlips getreten – absieht. Hardliner unter den schwäbischen Daimlers fragen: »Seit wann tragen diese Koreaner Schlipse? Wenn sie Hunde essen?«

Für Verwunderung bis Freude sorgt das finanzielle Engagement bei diesem italienischen Zweiradhersteller, der mit den Motorrollern – Vespas. Selbst konservative Daimlers, sie sind in der Überzahl, frohlocken: »Vielleicht stellen wir selbst einmal auch Zweiräder her? Dann können wir das Know-how dieses Italieners gut gebrauchen.«

Auf die Frage: »Wieso Zweiräder?« wird oft geantwortet: »BMW hat Zweiräder, warum nicht dann auch wir? Immer mehr Innenstädte werden fürs Auto gesperrt, man folgt dem Beispiel italienischer Städte, nur noch mit dem Zweirad kommt man hinein.«

Auf die Frage: »Diese Entwicklung läuft doch gegen das Automobil, oder?« folgt als Antwort ein Themawechsel.

Manche Daimlers sagen zu ihren amerikanischen Zwangsfreunden, den Chryslers: »Das sind die Cowboys aus dem vorletzten Jahrhundert, die arbeiten nach dem Motto: Indianer tot, Problem gelöst.«

Die Chryslers: Die Freunde von drüben

Interkulturelle Kompetenz ist etwas, das Chryslers nicht haben, so die Meinung bei vielen Daimlers in Stuttgart und Sindelfingen. Sie könnten sich nicht kompetent auf die Kultur der Schwaben einstellen. Neben niedrigen Jagdinstinkten – alle Schwäbinnen sind Freiwild – zeigten sie größtes Missverständnis bis überhaupt kein Verständnis für viele Jahrhunderte alte Traditionen und Einrichtungen.

Spätzle sind für sie italienische Nudeln, Maultaschen italienisch gefüllte Nudeln. Gaisburger Marsch eine Küchenabfallverwertungssuppe, Kutteln ein Hundefressen, Rostbraten ein falsch zubereitetes Steak, eine Rote Wurst eine Weiße Wurst mit Unmengen eines chemischen Rotfarbstoffs drin. Linsen eine nicht essbare Fehlentwicklung weißer Bohnen. Einen Kartoffelsalat möchten sie gebraten serviert bekommen. Den Trollinger halten sie für einen noch werdenden Wein, den man – in ein Vierteleglas gefüllt – nicht unter einer Viertelstunde trinken darf. Der Wein der Weine heißt für sie Liebfrauenmilch, wobei zweifelhaft ist, ob sie ihn tatsächlich als einen Wein ansehen. Vorstellbar ist deren Vorstellung: Sie trinken die Milch von lieben Frauen.

Eine Hocketse ist für sie ein äußerst umständlich bis langweilig ablaufendes Barbecue. Most ist etwas zum Einreiben, eine Besenwirtschaft eine Wein- und Essensverkaufsstelle für arme Leute. Dekorationen einer Weinstube, altes Handwerkszeug von Winzern – »Können die sich nichts Besseres leisten?« – sind für sie Teile für ein Museum oder für den Flohmarkt.

Auch so manche Tischsitten lösen hierzulande größte Nachdenklichkeit aus. Den Wein trinken sie wie Schnaps –

ex und hopp. Ins volle, richtig temperierte Weißweinglas werfen sie Eiswürfel mit der Begründung: »Das machen wir immer so.« Vorspeisen bestellen sie als Hauptspeisen, meckern anschließend über die zu kleinen Portionen.

Nach dem Essen kauen sie Kaugummi – »Das ist wie Zähne putzen!» – und mokieren sich über die kleinen Schnapsgläser mit dem zarten Hinweis: »Unsere Whiskygläser sind größer, ihr verträgt wohl nicht viel?« – schwäbische Majestätsbeleidigung.

Das Schwäbische ist für die amerikanischen Zwangsfreunde eine Abart der deutschen Sprache. Täglich sagt irgendwo in den Werken Stuttgart und Sindelfingen so ein Aufgezwungener: »Ich kann deutsch sprechen und verstehen, meine Ur-Ur-Großeltern kommen aus Deutschland, doch Sie verstehe ich nicht. Das ist sehr komisch. Sprechen wir meine Sprache, die können Sie doch hoffentlich, oder?«

Auch das Auftreten der von oben verordneten, amerikanischen Freunde stürzt manche Daimlers in tiefste Ratlosigkeit. Sie sagen »Yes» auch dort, wo sie »No» meinen. »Yes» ist ebenfalls zu hören, wenn sie nichts verstehen. Eigentlich sagen sie immer »Yes«. Ein gemeintes »No» oder ein tatsächliches Nichtverstehen muss erahnt werden.

Immer sind sie gut drauf. Lachen, machen Witze, grüßen mehrmals am Tag die selbe Person. Fragen dabei immer auf Deutsch: »Wie geht es Ihnen?« Manche Daimlers haben sich schon Karten mit »I am fine» anfertigen lassen, die sie bei solchen Gelegenheiten statt einer Antwort einfach nur hochhalten.

Sie lachen auch, wenn sie etwas machen wollen oder sollen, wovon sie keine Ahnung haben. Fröhlich und quietschvergnügt sagen sie: »Okay, alles klar! Packen wir es an.« Dann packen sie wirklich irgendwo hin, natürlich an eine falsche Stelle. Macht man sie darauf aufmerksam, antworten sie: »Bei uns in Amerika macht man das so.«

Merken sie, dass sie nicht vorankommen, melden sie sich mit dem Satz: »Okay, wir sind in Deutschland! Wie macht man es hier?«

Werden sie bei einem Fehler ertappt, leidet darunter ihre gute Laune nicht. Immer noch quietschvergnügt sagen sie:

»Sorry, okay, schauen wir nach vorne. Wie geht es weiter?«

Keine Schuldgefühle, keine Selbstzerknirschung, kein Aufarbeiten des Fehlers – Wie konnte so etwas Idiotisches passieren? Nicht einmal der Hauch einer ernst gemeinten Entschuldigung. Nur »Sorry«, das ist doch nicht ernst gemeint! Eine richtige Entschuldigung braucht viel länger, zudem wird dabei nicht gelacht.

Einige Daimlers meinen, dass dies alles nichts mit einer fehlenden interkulturellen Kompetenz seitens Chryslers zu tun hat, sondern mit einem allgemeinen, vom Vorstand gutgeheißenen Amerikanismus, der in Zukunft den Ton angeben wird. Heute ist nur die Holding in den Staaten. Und morgen?

Jene Daimlers sagen: »Dann können die Spätzle auch aus Italien kommen. Das juckt uns nicht mehr.«

»Warum nicht?«

»Dann sind wir keine Daimlers mehr.«

»Der Name DaimlerChrysler wird doch erhalten bleiben. Es wäre blöd, ihn zu ändern.«

»Das ist schon richtig, doch Daimlers gibt es dann keine mehr.«

Einen großen Vorteil haben die Chryslers: Seit es sie in Stuttgart und Sindelfingen gibt, sind die Kaffee- und Vesperkassen der Daimlers wohl gefüllt.

Wie im Zoo: Bei Daimlers füttern Chryslers Affen

Daimlers treffen Chryslers, nein, umgekehrt ist es richtig: Chryslers treffen Daimlers. Die Daimlers sind in den Werken, arbeiten, die Chryslers kommen, manchmal in Herden, und schauen zu.

Ihr Herdenführer erklärt ihnen, was sie sehen. Oft auch unter Mithilfe der arbeitenden Daimlers, die ihm erklären, was sie gerade machen und er somit gerade sieht, damit er seinen amerikanischen Schäfchen sagen kann, was sie gerade sehen sollen.

Anfangs sagte man in den Werken, wenn eine solche Herde daherkam: »Da ist wieder so eine Ansammlung von diesen saublöden Schafen.« Dies änderte sich, als erkannt wurde, dass die Tiere nicht die Chryslers, sondern die Daimlers sind. Und es nicht um Schafe geht, sondern um Affen, eingesperrt in einem Zoo.

Jedes Daimler-Werk ist ein Zoo, die Chryslers sind die Besucher, die Daimlers im Werk die Affen, die den Besuchern Kunststücke, zum Beispiel am Montageband, vorführen müssen. Kunststücke wie den Gebrauch des Druckluftschraubers, das Einsetzen des Armaturenbretts, das Festmachen von Kabelsträngen – Arbeiten, die letztlich das komplett fertiggestellte Auto zum Ergebnis haben.

Die Aktion »Erdnüsse» wurde ins Leben gerufen. Von einer Hand voll Daimlers, die innerhalb kürzester Zeit einen immensen Zulauf von Gleichgesinnten erhielten. Das Aktionsziel gemäß dem Motto »Auch Tiere im Zoo werden von Besuchern gefüttert«: Die amerikanischen Zoobesucher sollten Erdnüsse darreichen.

Es konnten wirkliche Erdnüsse sein, aber auch oder vor allem Geldzuwendungen für die Kaffee- und Vesperkasse.

Als die erste – früher saublöde Schafherde jetzt anzuzapfende Besuchergruppe – kam, und man diese nach den kleinen Nüssen fragte, passierte zweierlei.

Die Besucher, zuvor mit unpersönlichen Gesichtsausdrücken, legten plötzlich eine nichtgekannte Fröhlichkeit mit entgegenkommenden bis verständnisvollen Mienen an den Tag. Ein jeder hatte etwas für die Kaffee- und Vesperkasse übrig. Alles wurde lockerer, es wurde viel gelacht. Die Daimlers machten bei ihren Vorführungen jede Menge Zugaben.

Nur ihr Führer, jetzt Besuchergruppenführer, wurde einsilbiger. Vielleicht auch deshalb, die Besuchszeit, im Vergleich zu sonst, fiel drei Mal so lang aus. Und wie bei jeder Zooführung, der Führer hat die wenigste Zeit, die nächste Gruppe wartet schon irgendwo.

Die Sache war ein Riesenerfolg. Die Kaffee- und Vesperkasse war gefüllt wie noch nie. Das sprach sich sehr schnell werksweit und Werke übergreifend – zooweit und Käfig übergreifend – herum.

Plötzlich wollten alle Affen in allen Werken Erdnüsse. Ein jeder fragte jeden Besucher, was chaotische Verhältnisse hervorrief und die Besuchszeiten ins Unermessliche verlängerte. Auch die Kaffee- und Vesperkassen füllten sich nur mäßig.

Es wurden Erdnuss-Gruppen gebildet.

Das heißt, pro Gruppe, meist bestehend aus zwanzig Affen, wurde der Affe bestimmt, welcher einmal für alle nach Erdnüssen zu fragen hatte. Und pro Gruppe gab es nur eine Kaffee- und Vesperkasse.

Von da an lief es wieder besser. Die Besichtigungszeiten reduzierten sich auf ein Normalmaß. Die Kassen füllten sich wieder zusehends. So sehr, dass eines Tages ein Zoobesucher, auf die Affen deutend, überrascht fragte: »Warum trinken die Champagner?«

Eigentlich ist VW an allem schuld. Doch warum denken Mercedes-Fahrer anders als VW-, Audi-, Seat- und Skoda-Fahrer?

Der Weg zu Chrysler: VW stand Pate

Wie hat es begonnen? Wie konnte es so weit kommen? Warum ausgerechnet Chrysler?

Fragen, die sich viele Daimlers immer wieder stellen. Die Antworten kennen sie, eigentlich, was einige aber nur verschämt zugeben. Sie müssen dabei an ihre eigene, einstige Überheblichkeit denken. Die ist jetzt weg, einer kleinmütigen Bescheidenheit gewichen.

VW in Wolfsburg, einst ein kleiner, bescheidener Hersteller, der auch seine Hausaufgaben gelernt hat. So die vormalige Sicht vieler Daimlers. Die gelernten Hausaufgaben: Eines Tages fühlten sich die Wolfsburger zu Höherem, Weiterem und Größerem berufen, eröffneten in den USA ein Werk und erlitten den wohlverdienten Schiffbruch. »So einfach geht es ja nicht.«

Alles wurde wieder auf Normalmaß gebracht. Man konzentrierte sich fortan und wiederholt nur auf Deutschland. Auf Wolfsburg und etwas Ingolstadt – dort mit dem Klotz am Bein: Audi. Die Welt war wieder in Ordnung.

Doch dann, was war das? Der Klotz am VW-Bein verschwand, die Audis bauten Fahrzeuge, die von manchen Leuten tatsächlich gekauft wurden. Aus dem Klotz wurde eine goldene VW-Beinverzierung.

Dann das Ungeheuerliche: Die Wolfsburger schielten wieder Richtung Ausland, nach Spanien, übernahmen Seat.

»Nur die Ruhe bewahren«, hieß die Parole bei Daimlers. »Manche müssen einen Fehler immer erst zwei Mal machen, bis sie kapieren, dass der Fehler ein Fehler war.«

In Stuttgart und Sindelfingen wartete man genüsslich zu, auf den Tag X. Auf den USA-Schiffbruch-in-Spanien-Wiederholungstag. Zwar war man sich bewusst, Spanien war etwas anderes, dort hatten sich die Wolfsburger gleich eine ganze Automarke mit mehreren Werken ans Bein gebunden, nicht nur ein Werk wie in den USA. Der Kommentar bei Daimlers: »Nur wenn der zweite Fehler gigantisch größer als der erste Fehler ist, tritt ein dauerhafter Lerneffekt ein.«

In Stuttgart wurden Beileidsbekundungen verfasst, die am Tag X den Wolfsburgern mit Krokodilstränen überreicht werden sollten. »Ihr habt dem weltweit guten Ruf der deutschen Automobilindustrie schweren Schaden zugefügt. Hoffentlich seid Ihr jetzt gescheiter. Wir, die deutschen Erfolgreichen, würden es Euch sehr danken.«

Es kam anders. Am Tag X stürzte die Welt ein. Statt Schiffbruch zu erleiden bis Pleite zu gehen übernahmen die größenwahnsinnigen Wolfsburger die tschechische Automarke Skoda.

Tiefe, langanhaltende Schocksituation bei Daimlers. Auch deshalb, Seat und Skoda folgten dem Beispiel Audi, mauserten sich zu goldenen VW-Beinverzierungen. Ein Geheimnis dieser goldenen Situation: Ein Motor, ein Fahrwerk oder ein Getriebe wurde so gebaut, dass sie in VW-, Audi, Seat- und Skoda-Modelle gleichermaßen passten, was eine gigantische Kosteneinsparsituation bescherte.

Nach erstem Abflauen der Schocksituation meinten etliche Daimlers: »Was die Wolfsburger können, das können wir schon lange.« Allein bei der Auslegung dieser Auffassung ergaben sich Unterschiede.

Einige Daimlers meinten: »Wir wissen das, deshalb brauchen wir es nicht zu beweisen. Gehen wir zur Tagesordnung über.« Andere meinten: »Wir wissen das, aber wir müssen es der Außenwelt beweisen, wir eröffnen irgendwo außerhalb Deutschlands ein Werk.« Wieder andere meinten: »Wieso ein Werk, kaufen wir doch gleich einen kompletten Autohersteller auf. Darunter können wir es eh nicht machen, schon aus Imagegründen nicht.«

Der Vorstand, durchweg Fans der amerikanischen Denkart – »Mit Macht kommen und zeigen: Wir sind die Größten!« – beherzigte diese Anregungen. In den USA wurde ein Werk eröffnet – Produktion M-Klasse – und ein Hersteller übernommen – Chrysler. Ersteres kam bei allen Daimlers gut an, letzteres nicht bei allen. Auch weil einige meinten:

»Warum Hinkebein Chrysler? Warum nicht General Motors?«

Als Nächstes sollte das gigantische VW-Kosteneinsparwunder durch markenübergreifende Autostandardteile in Angriff genommen werden. Zum Beispiel: Ein Motortyp für Mercedes- und Chrysler-Modelle gleichermaßen. Doch da merkten plötzlich ganz viele Daimlers recht schmerzhaft, Mercedes-Fahrer sind mit VW-Audi-Seat-Skoda-Fahrer nicht zu vergleichen.

Aus zwei Gründen: Sie verfügen über ein recht ausgeprägtes Selbstbewusstsein, verbunden mit einem erhöhten Individualitätsanspruch. Das Selbstbewusstsein führt zu einem Eigenleben auf Autobahnen – dauerhaftes Linksfahren. Der Individualitätsanspruch zu der Forderung: »Keine Mercedes-Autoteile für Chrysler-Kisten. Niemand anders darf Mercedes-Autoteile, für die wir gutes, teures Geld bezahlen, nutzen. Wir wollen weiterhin Stern-Fahrzeuge, die nicht vergleichbar sind. Kein Mercedes darf einem anderen Modell gleichen.«

Eine Forderung, welche vielen Daimlers große Freude bereitet. Sie gehören zur Fraktion: »Es hätte General Motors sein müssen.« Und zu der Fraktion: »Wir hätten an VW uns niemals ein Beispiel nehmen dürfen.«

Aus der Traum, man greift kostengünstig in ein großes Regel mit Teilen für Mercedes- und Chrysler-Modelle?

Nein, einige Daimlers, Vorstände und Fürsprecher dieser kostensparenden Zugriffsmöglichkeit, verhandeln derzeit mit einer Abordnung der Mercedes-Fahrer. Sie wollen eine Reduzierung des Individualitätsanspruchs erreichen.

Motto: »Chrysler ist irgendwo auch Mercedes, wir gehören zu einem Konzern und dieser ist doch individuell genug«.

Die Gespräche verlaufen recht zäh. Vielleicht auch deshalb, die Daimlers der vorgenannten Fraktionen versorgen die revoltierenden Fahrer mit Informationen. Sie sagen ihnen zum Beispiel, wer sich wie und mit was dem Einheitsregal nähert. Beispielsweise mit einer Feile, um den Stern auf dem Motorzylinderkopf abzufeilen, damit man ein Chryslerzeichen darauf kleben kann.

Arbeitszeiten, Überstunden, Urlaubstage, alles wird mit Hilfe des Computers erfasst. Ein Computer veraltet schnell, deshalb rechnen Daimlers am Monatsende alles von Hand nach.

Daimlers Glück: Überstunden bis zum Abwinken

Daimlers untereinander pflegen den Humor. Oft einen sarkastischen bis schwarzen, wenn sie am Monatsende auf ihren Überstundenzettel schauen, der genauso lang wie der Zettel mit den regulären, im Anstellungsvertrag vereinbarten Stunden ist. Besonders schwarz wird der Humor, wenn sie den Kontoauszug daneben legen.

Es liegt wohl an der computergesteuerten Erfassung und Darstellung, wenn auf der Verdienstbescheinigung die geleisteten Überstunden nicht korrekt aufgeführt sind – regelmäßig zu wenig bis überhaupt keine. Na ja, in der Elektronik war BMW schon immer besser, was aber für betroffene Daimlers kein echter Trost ist.

Statt in ein moderneres, genaueres Erfassungssystem zu investieren, kam das Angebot von der Konzernleitung: »Überstunden mit Freizeit abfeiern«. Ein klassischer Beweis für den gepflegten, internen, besonderen Humor: Wie kann man etwas mit Freizeit ausgleichen, wenn überhaupt keine Freizeit vorhanden ist?

Leider verstehen diese Art von Humor nicht alle oder nicht alle richtig. Der Betriebsrat versteht ihn und lacht. Genauso verhalten sich die Daimlers, die konzerneigene Führungskräfte zu ihren Vorbildern erhoben haben. Sie sind grundsätzlich mehr konzernorientiert, weniger familienausgerichtet. Gewisse Verstehschwierigkeiten haben die umgekehrt orientierten Daimlers. Vielleicht weil sie mit emanzipierten Schwäbinnen verheiratet sind, die meinen, dass der Mann in der Familie auch eine Rolle spielen sollte. Und wenn es nur die Rolle der Anwesenheit ist.

Schwierigkeiten des Verstehens bestehen auch bei der Gewerkschaft. Immer wieder bittet sie um Aufklärung oder

Übersetzung, allein die Konzernleitung fühlt sich nicht berufen, solch niedrige Tätigkeiten auszuführen. Wo kämen wir hin, wenn wir jedem unsere Entscheidungen erklären müssten? Überhaupt, brauchen wir die Gewerkschaft?

Mittlerweile geht die Gewerkschaft einen anderen Weg. Sie fordert eine drastische Verkürzung der wöchentlichen Arbeitszeit. 35 Stunden und sogar etwas weniger pro Woche sind im Gespräch. Das Tragische dabei ist, auch wenn diese Forderung durchgehen sollte, an der wöchentlichen Gesamtarbeitsstundenzahl ändert sich nichts. Nur das Verhältnis wird ein anderes: Weniger reguläre Stunden, mehr Überstunden.

Somit kann auch die Gewerkschaftsidee, von vielen Daimlers grundsätzlich für gut befunden, nicht funktionieren: Weniger reguläre Arbeitszeit, mehr Arbeitsplätze. Leider hat dies die Vereinigung der Rot-Sozialen noch nicht kapiert. Vielleicht verständlich, denn verstanden werden ja auch nicht die Regeln des konzernintern gepflegten Humors.

Einige Daimlers meinten einmal zur Selbsthilfe greifen zu müssen. Sie propagierten den Dienst nach Vorschrift. Was aber auch eine humorvolle Angelegenheit war. Eine wesentliche, unternehmensinterne Regel des schwarzen Humors lautet: »Vorgeschrieben ist, was aktuell von oben herunter gesagt wird, nicht was irgendwann einmal in Arbeitsverträgen hineingeschrieben wurde.« Ergebnis der Protestaktion: Überstunden waren Vorschrift, niemand fiel die Protestaktion auf.

Dennoch, eines Tages bewegte sich etwas. Heimarbeitsplätze wurden ausgeschrieben, auch teils bestehende Arbeitsplätze konnten in Zu-Hause-Plätze umgewandelt werden. Ein Run setzte ein, viele, viele Daimlers wollten von der neuen Möglichkeit Gebrauch machen. Sie hatten tolle Visionen vor Augen: Daheim im Arbeitszimmer – von der Steuer voll absetzbar – sie vor dem Computer, zwischen Computer und ihnen die Ehefrau. Nein, keine Sexgeschichte! Die Ehefrau erledigt die Arbeit am Computer, der Mann schaut ihr über die Schulter, schaut, ob sie auch alles richtig macht.

Leider erwies sich die Sache mit den Heimarbeitsplätzen als Flop. Es lag nicht an den Ehefrauen, die Elektronik war schuld. Unversehens hatte die Konzernleitung doch in ein modernes Zeiterfassungs- und Abrechnungssystem investiert, zusätzlich zum bestehenden System, nur für Heimarbeiter geltend. Alles lief unter dem Oberbegriff »Zehntelsekundengenaue Erfassung der Arbeitszeit zu Hause«, die Heimtätigen sollten nicht heimlich untätig sein können.

Per Computer, Standort Konzernzentrale Stuttgart, wurde alles überwacht. Bei ihm musste man sich von zu Hause aus morgens via Heim-PC anmelden – mit der Eingabe: »Jetzt beginnt meine Arbeitszeit«. Und wieder abmelden, nachts: »Ich gehe jetzt schlafen.«

Wurde fünf Minuten lang keine Taste der heimischen PC-Tastatur gedrückt, meldete der Zentralcomputer den Heimwerker von sich aus ab. Mit dem Vermerk »Auszeit während Arbeitszeit. Wird mit Urlaub verrechnet.«

Es half auch nichts, wenn man die Ehefrau überreden konnte, alle paar Minuten eine Taste zu drücken. Mittels auf dem Heim-PC angebrachter Kamera wurde scharf erfasst, wer vor der Tastatur saß.

Was anfangs nur als eine humorige Einlage gewertet wurde, fand nach der ersten Monatsstundenabrechnung seine schwarz-humorvolle Bestätigung.

Auf der Abrechnung war eine neue Rubrik: »Urlaubstage» mit drei Zahlen zu ersehen. Die erste Zahl bezog sich auf die gedachten, im Arbeitsvertrag tarifrechtlich dokumentierten Urlaubstage. Die Zahl dahinter war eine Summenzahl: Die vom Computer während eines Monats festgestellten aufaddierten Auszeiten, in Tage umgerechnet. Vor dieser Zahl stand ein Minuszeichen. Die dritte Zahl war das errechnete Ergebnis: Die noch tatsächlich vorhandenen Urlaubstage. Eine Zahl, die viele Daseinskrisen hervorrief.

Doch eingedeckt mit dem Wissen, dass das bisher bekannte System nicht sonderlich gut rechnet, wurden, nach einer Zeit des geistig-nervlichen Sammelns, auch die Ergebnisse des neuen Systems nachgerechnet – für viele zugleich ein Akt der Verzweiflung. Doch siehe da, dem neuen System konnte kein einziger Rechnungsfehler nachgewiesen werden.

Der Konzern hatte gegenüber BMW tatsächlich aufgeholt, leider aber nicht durchgängig.

Nach wie vor hapert es bei der korrekten Erfassung der Überstunden. Und nach wie vor hapert es – vielleicht eine logische Fortsetzung – mit der durchgängig richtigen Funktionsweise von elektronischen Teilen in Mercedes-Modellen.

Doch damit soll jetzt Schluss sein. Ganz aktuell: Der Daimler-Vorstand will mammutartige Investitionen in bessere Elektronik tätigen, um endlich BMW, diese Elektronik-Heinis, zu schlagen. Ein Teil der Investitionen ist für ein besseres, genaueres Zeiterfassungssystem vorgesehen.

Entsprechend guter, alter, betriebswirtschaftlicher Sitte kommt vor jeder Investition die Analyse. Mit ihr wird geklärt: Wo genau soll überhaupt investiert werden? Genannte Analyse erbrachte ein erstaunliches Zwischenergebnis. Die fehlerhaften Überstundenabrechnungen sind nicht auf einen Mangel in elektronischen Systemen zurückzuführen, der Drucker, ein nichtelektronisches Teil, ist schuld. Er verschluckt Zahlen. Da aber laut Konzept nur in elektronische Teile investiert werden darf, bleibt der Drucker vorerst wie er ist.

Hinsichtlich elektronischer Fehlerquellen in Mercedes-Modellen wird noch analysiert.

Bei Daimlers ist die öffentliche Verbreitung des konzern-internen Humors, auch wenn dieser nur schwer zu verstehen ist, Chefsache.

Daimler-Vorstände: Botschafter des besonderen Humors

Vor nicht allzu langer Zeit wurde bei Daimlers in der Presseabteilung, Pkw, ein Thema diskutiert, das auch den Vorstand bewegte: Inwieweit darf der intern gepflegte Humor nach draußen, an die Öffentlichkeit, gebracht werden? Konkret ging es um eine Pressemitteilung mit beiliegendem Pressefoto.

Eine Pressemitteilung ist ein Text, von einem Daimler geschrieben, der für die Presse bestimmt ist, den die Presse kostenfrei veröffentlichen darf. Wenn dieser Text mit einem Foto, von einem Daimler angefertigt, an die Presse gesandt wird, dann ist das Foto ein Pressefoto – darf auch kostenfrei veröffentlicht werden.

Das Thema des Pressetextes und das Motiv des Pressefotos, Anlässe der oben genannten Diskussion, waren Schaffensergebnisse eines aufgeweckten Auszubildenden. Dieser wollte den selbstverfassten Text und das selbstgemachte Foto in der Presseabteilung abgeben, mit dem Vermerk: »Bitte an die Presse zur Veröffentlichung senden«. Da gerade alle auf einer Geburtstagsfeier waren, legte er seine Ergebnisse auf den Tisch des Abteilungsleiters.

Textthema und Fotomotiv sorgten alsbald für einen großen Wirbel. Zuerst einmal wegen des Vermerks. Dieser war so schwer leserlich, man musste ihn mehr erraten als man ihn lesen konnte, so dass er nur von einem Vorstandsmitglied stammen konnte. Grundsätzlich und aus Sicht des Vorstands sicher erfreulich ist, alles, was auch nur andeutungsweise oder entfernt vermutet vom Vorstand kommt, wird in der Presseabteilung sehr ernst genommen. Somit auch der Vermerk. Und dann der Pressetext. Er handelte vom Kabelsalat unter der Motorhaube. Allein schon das

Wort »Kabelsalat» in der Textüberschrift ließ alle in der Presseabteilung zusammenzucken. Das ist doch negativ!

Im Text selbst wurde das Wort acht Mal gebraucht. Auch deshalb, weil im Text das Vorhandensein eines Kabelsalats im Automobil bejaht und genauestens beschrieben wurde.

Geradezu schlecht wurde es den Daimlers als sie das Foto sahen: Es zeigte den Kabelsalat. Dicke, dünne, rote, gelbe, blaue, weiße, schwarze Kabelstränge, irgendwie miteinander verbunden, oft auch nicht, verliefen kreuz, quer und rundherum um den Motor. Unter dem Bild der Text: »Im Auto werden über 40 Meter Kabel verbaut, da ist es schwer, den Überblick zu behalten.«

Was war das? Das war noch mehr als negativ! Das sollte an die Presse gehen?

Fragen über Fragen stellten sich die Daimlers in der Presseabteilung. Sie fanden keine Antwort, wollten deshalb mit dem betreffenden Vorstand Kontakt aufnehmen, rückfragen. Auch der Vorstand bei Daimlers besteht, wie üblich, aus mehreren Vorständen. Die Frage entstand: Welcher von diesen hat den Vermerk geschrieben?

Man beschloss, alle Vorstände zu befragen. Dies mit dem Ergebnis, aus dem Vorgang wurde tatsächlich eine Vorstandssache. Auch weil gleich zwei Vorstände ihre Handschrift auf dem Vermerk erkannten, doch sich nicht erinnern konnten, wann sie ihn geschrieben hatten. Man muss ja täglich so viel Vermerke schreiben, da kann man schon einmal den Überblick verlieren.

Und wie bei allen Vorständen dieser Welt üblich, so auch bei Daimlers, von oben herunter wird ausschließlich Grundsätzliches entschieden. Die Ausarbeitungen und Umsetzungen sind dann Sache der Untergebenen.

Der Vorstand stufte in einem ersten Schritt Pressetext und Pressefoto grundsätzlich als eine humorige Angelegenheit ein. In einem zweiten Schritt wurde der Frage nachgegangen: Geziemt es sich für unser Haus humorige Texte und Fotos an die Presse zur Veröffentlichung weiterzugeben?

Heiß und kontrovers wurde diskutiert. Die einen meinten, dass man der Öffentlichkeit durchaus zeigen könnte, auch Daimlers haben Humor. Die anderen meinten, dass der natürlich überall vorhandene Humor ausschließlich eine konzerninterne Tatsache sei und bleiben sollte. Weiter gaben sie zu bedenken: »Gerade der Humor führt weltweit oft zu den humorlosesten bis tiefsten Missverständnissen. Warum sollen wir uns hier in ein unnötiges Risiko begeben?«

Nach etwa sechs Stunden einigte man sich: Pressetext und Pressefoto verschwanden in der Versenkung.

Doch alles hat auch eine gute Seite. Im Vorstand verständigte man sich darauf, in der Öffentlichkeit auch als Botschafter des konzernintern vorhandenen und gepflegten Humors zu fungieren. So könnte man auch selbst gleich etwaige Missverständnisse, die man natürlich sofort bemerken würde, man ist ja nicht blöd, ausräumen.

Seither lachen die Vorstandsmitglieder bei Daimlers bei öffentlichen Auftritten mehr als sonst. Machen Witze, verbreiten gute Laune, machen deutlich, dass auch im Konzern viel gelacht wird. Ein supergutes Gute-Laune-Viel-Lach-Klima vorherrscht.

Über was im Konzern viel gelacht wird, darüber allerdings schweigen sie. Ist verständlich. Welcher Außenstehende kapiert schon, dass man über meterlange und dennoch falsche Überstundenabrechnungen auch laut lachen kann?

Richtige Skandale gibt es unter den Vorständen bei Daimlers eigentlich nicht. Noch nicht meinen einige Pressevertreter.

Frage an Vorstand: Haben Sie ein Verhältnis?

Der Humor der Vorstände gegenüber der Öffentlichkeit hat aber auch eine Endlichkeit. Diese beginnt, wenn sie sich selbst darstellen sollen. Gemeint ist nicht die Darstellung der eigenen Person, da gibt es überhaupt keine Probleme. Jeder liebt das Rampenlicht des erfolgreichen Managers. Die Rede ist von der öffentlichen Darstellung des eigenen Ichs.

Gerade aber jene Journalisten, die der so genannten Regenbogenpresse zuzuordnen sind, haben sich auf dieses Ich spezialisiert. Sie wollen zum Beispiel wissen und öffentlich darüber berichten:

Wo und wie macht welcher Vorstand am liebsten Urlaub – in den Bergen mit Reinhold Messner oder am Strand mit FKK? Mit wem geht er in den Urlaub – Ehefrau oder Sekretärin? Welche Hobbys hat er – mit der Modelleisenbahn spielen oder Weinfässer leeren? Kocht er gern – wer isst die Ergebnisse? Für welche Süßspeisen geht er meilenweit – und wohin? Wie heißt die Lieblingszigarre – von wem gerollt, von kubanischen Jungfrauen? Welchen Autor mag er besonders – welchen Konsalik-Roman? Wie sieht sein Schlafzimmer aus – wie groß ist das Bett? Wie viel Kinder hat er –- uneheliche mit eingeschlossen? Welchen Wein aus welchen Landen favorisiert er – inklusive Weinbrände?

Klar, einiges ist schon bekannt. Schrempp beispielsweise mag am liebsten italienischen Rotwein. In Rom in der Zweisamkeit getrunken. Wer ihn dabei stört, ob Polizisten oder nicht, wird beschimpft oder zurechtgewiesen: »Wissen Sie denn nicht, wer ich bin?«

Die meisten Antworten auf diese durchaus seriösen Fragen – seriös, weil ein Millionenpublikum Interesse zeigt – sind allerdings nicht bekannt. Deshalb fragen die Journalisten, immerzu, permanent bis penetrant, allein die Antworten bleiben aus. Die Vorstände weigern sich, kollektiv, diese zu liefern. Sie fürchten Fehlinterpretationen und Missverständnisse mit skandalhaften Ausmaßen.

Dabei haben sie ein Beispiel vor Augen. Einer der ihren verhielt sich einst anders. Über das Warum und wie es überhaupt so weit kommen konnte, darüber wird heute noch gerätselt. War es tatsächlich der Kollege aus der obersten Etage, der für den Skandal sorgte? Oder nicht doch seine Sekretärin, nein Assistentin, nein Freundin, nein seine näher kennen gelernte Mitarbeiterin? Oder gar die erboste Ehefrau?

Der Skandal: Als man sich – jener Vorstandskollege und jene Mitarbeiterin – genug näher kennen gelernt hatte, sich anderen Interessen zuwandte, zeichneten sich plötzlich gegenläufige Interessen ab. Zur Freude der Regenbogenjournalisten, die dies hauptsächlich oder spätestens während einer Hauptversammlung, dem allgemeinen Treffpunkt der Daimler-Aktionäre, bemerkten.

Jene Ex-Herzensdame stellte kritische Fragen vor vielversammelten Aktionären, jener Ex-Vorstandskollege beantwortete diese so gut, wie es nicht ging. Vorstandskollege Reuter, ganz Freund, half aus. Er beantwortete so gut es ging. Allein er schaffte es nicht, die einstige Geliebte seines Kollegen zufrieden zu stellen – er kannte sie ja auch nicht näher.

Das tragische Ende der Diskussionen und skandalträchtigen Presseveröffentlichungen: Der gebeutelte Mann – nicht Reuter – entschied sich freiwillig, sein Leben in einer höheren Sphäre fortzusetzen.

Heutige Vorstände lassen jenen wissbegierigen und skandalorientierten Journalisten mitteilen, dass man über die tägliche Arbeit, über den Konzern, über die Automodelle sowie andere Modelle jederzeit gern Auskunft geben würde.

Schön, aber genau das interessiert diese Journalisten nicht.

Immer wieder versuchen sie deshalb auf eigene Faust voranzukommen. Die gewünschten bis vermuteten Informationen zu erhalten. Ihr Motto dabei, zugleich Triebfeder und Leitsatz: »Jeder hat eine Leiche im Keller, man muss sie nur finden.«

Sie suchen und suchen, immer wieder, in vermeintlichen Untergeschossen bis Abgründen. Sprechen mit möglichen Leichen. Recherchieren und recherchieren, befragen Daimlers über Daimlers, bieten immense Informationshonorare. Doch nichts hilft. Echte Leichen werden nicht gefunden, bis heute zumindest.

Die Journalisten bleiben im hoffnungsvollen bis verzweifelten Zustand der Ungewissheit. Niemand weiß etwas oder nur ganz wenig zufällig.

Auf das wenig Zufällige, das an die Oberfläche geschwemmt wird, reagiert man, reagieren die Vorstände, gelassen. Beispielsweise auf die weinselige Busfahrt in Rom von Vorstandskollege Niefer. Während der ein Bein einer Touristin kein Hindernis war, deshalb dieses schwer, aber zufällig unabsichtlich, verletzt wurde. Auch gelassene Reaktion, weil man sich image- und reaktionsmäßig hervorragend beraten lässt.

Niefer einst, sehr verwundert über das große Echo seiner blutigen Busfahrt in der Presse, fragte seinen Berater nach den Gründen. Dieser antwortete: »Nicht nur erfolgreiche Schauspieler, Musiker, Sänger und Fernsehmoderatoren sind heute Stars, auch erfolgreiche Wirtschaftsführer.«

Antwort Niefer: »He, he, ich bin ein Star!«

Als gleich aufgrund einer ganzen Reihe von Vorfällen, Reuter betreffend, dieser zusammenfassend als Niete in Nadelstreifen bezeichnet wurde, war ebenfalls Gleichmut angesagt.

Der Berater lehrte dem Betroffenen eine neue Bescheidenheit und stärkte zugleich dessen Nehmerqualitäten. Danach verkündete Reuter, dass er keinen einzigen Anzug mit Nadelstreifen habe.

Der Image- und Reaktionsberater von Schrempp ist ein Wassersportler. Als die Wein-Polizei-und-sonst-Affäre in Rom hochkam, riet er seinem Schützling: Untertauchen.

Die Moral all dieses Handelns: Die Vorstände bei Daimlers gelten weltweit als die saubersten. Noch, sagen jene Journalisten, die diesen Titel zu Fall bringen wollen.

Überbringer von schlechten Nachrichten wurden einst um einen Kopf kürzer gemacht. Vor dem Aufleben dieser Tradition in der Daimler-Vorstandsetage fürchten sich die Daimlers in der Presseabteilung.

Schlechte Presse: Was ist denn das?

Apropos Presseveröffentlichungen, in den Presseorganen abgedruckte Meldungen und Berichte: Wie bringen Daimlers in der Presseabteilung dem Vorstand eine schlechte Presse bei? Schlechte Presse? Ein oder mehrere Presseorgane berichten negativ, wie beispielweise: »Viele Mercedes-Dieselmotoren auf unseren Straßen sind Dreckschleudern, die Aggregate anderer Hersteller sind sauberer.«

Anderes Beispiel: »Die Mercedes-Modelle sind zu teuer.« Noch ein Beispiel: »VW macht sich in der Luxusklasse breit.« Und noch eines: »BMW auf der Erfolgsspur: Mehr Autos als Daimler verkauft.« Und weil es so schön war: »In den USA wurden mehr Lexus- als Mercedes-Modelle zugelassen. Viele ehemalige Mercedes-Fahrer sind jetzt in Lexus-Modellen unterwegs.«

Einige Daimlers, die weit entfernt von der Presseabteilung arbeiten, Presseerzeugnisse nur konsumieren, meinen in solchen Fällen: »Da wurden zu wenige Anzeigen geschaltet.« Die Harten unter ihnen meinen: »Da wurde die Presse, da wurden die Herren Journalisten zu wenig geschmiert.«

»Wie geschmiert?«

»Zu selten zu einem guten Essen eingeladen. Auf so etwas stehen die doch.«

»Ein gutes Essen können sich Journalisten heutzutage selbst leisten.«

»Das sind doch Entenklemmer. Hierfür zu geizig. Schmarotzer sind sie obendrein. Leben gern auf anderer Leute Kosten. Überhaupt, Journalisten sind Schmierfinken. Da steckt das Wort »Schmieren» wie Schmiergeld doch schon drin.« Wie auch immer, derart profunde Meinungen helfen der

Presseabteilung nicht weiter. Ihr Problem nach wie vor: Wie bringt man schlechte Presseartikel dem Vorstand näher? Vor allem wenn man weiß, dass in der Antike sowie einige Zeit danach Überbringer von schlechten Nachrichten um etwa eine Kopflänge gekürzt wurden?

Dieses historische Wissen kann man nicht verdrängen, wenn man denn kein Kamikaze sein möchte. Seit geraumer Zeit schwärmt der Vorstand von jener Zeit. Von jener Zeit der Mächtigen, groß, größer, noch größer: DaimlerChrysler. Eine ernst zu nehmende Schwärmerei, welche auch die Automodellpolitik beeinflusst: Maybach.

Die Reduzierung der körperlichen Länge ist auch aufgrund des konzernintern gepflegten schwarzen Humors nicht von der Hand zu weisen. Vorstellbar sind Vorstandskommentare an Schlechte-Nachrichten-Überbringer nach Längenreduzierung wie: »Nun freuen Sie sich doch! Jetzt wiegen Sie weniger! Jetzt brauchen Sie keine Diät mehr machen!«

In der Presseabteilung gründete man, entsprechend dem Vorbild Gerhard Schröder, eine Kommission, die aber, anders wie in Berlin, wirklich arbeiten sollte. Die Kommission »Schlechte Presse dem Vorstand serviert – ohne Blutvergießen» sollte analog ihrer Bezeichnung geeignete Mittel und gangbare Wege erarbeiten. Daneben durfte sie aber auch Lösungen suchen und finden.

In Rekordzeit, tatsächlich, legte die Arbeitsgemeinschaft erarbeitete sowie gesuchte und gefundene Ergebnisse vor, die ebenfalls in Rekordzeit von der Presseabeilung umgesetzt wurden.

Zuerst machte man sich schlau, welcher Vorstand zu welchem Friseur zwecks Haarschnitt ging. Kurz vor einem Friseurtermin wurden in dem jeweiligen Friseurladen all die Magazine, Fachzeitschriften und Tageszeitungen ausgelegt, die aufgrund inhaltlich schlechter Artikel auffielen.

Die Ergebnisse: Niemand brauchte sich wegen einer unfreiwilligen Diät mehr Gedanken machen, auch die Friseure nicht. Allerdings, innerhalb kürzester Zeit belegten die Vorstände in der weltweiten Tabelle »Bestfrisierte Manager» die hintersten Plätze.

Die betreffenden Haardesigner beteuerten ihre Unschuld, weinend, verzweifelnd. Was konnten sie machen, wenn ihre Schützlinge immer wieder wutentbrannt, unvermittelt aus dem Friseurstuhl sprangen?

Bei einem Vorstand musste ein anderer Weg gefunden werden: Seine Frau schnitt ihm die Haare. Doch er spielte Golf. Deshalb legte man die Presseorgane mit den schlechten Artikeln in seinem Golfclub aus. Die Ergebnisse: Sein Handicap verschlechterte sich zusehends, er gab das Golfen auf.

Alsbald folgten seine Vorstandskollegen seinem Beispiel. Sie ließen sich zu Hause von ihrer jeweiligen Frau rasieren und frisieren. Fingen das Golfspiel nie an.

Eine Entwicklung, welche die Presseabteilung wieder in tiefste Depression stürzte. Wie sollte man jetzt vorgehen?

Wieder wurde eine Kommission gegründet, die sich allerdings von der vorherigen in einem Punkt unterschied: Der Schwerpunkt wurde mehr auf die Arbeit gelegt, man arbeitete und arbeitete, weniger auf das Erzielen von Ergebnissen.

Die Presseabteilung entschied sich, in ihrer Not und nur bis auf Weiteres, jegliche Negativberichte von den Vorständen fern zu halten.

Die Ergebnisse, nein, Zwischenergebnisse, nur solche können es sein: Die Vorstände bei Daimlers gelten heute nicht nur als die humorvollsten, sondern auch als die unbelasteten Vorstände weltweit. Entsprechend dem Volksmund: Wer nichts weiß, den macht nichts heiß!

Auch die Haarschnitte sind wieder vorzeigbar. Nachdem die Frauen auf Friseuse umschulten.

Vorstandmitglieder kommen und gehen. Manche werden schnell vergessen. Manche sind in den Köpfen der Daimlers zementiert.

Werner Niefer: Der Hemdsärmlige

Mister Mercedes, Werner Niefer, konzernintern auch Herr Professor genannt, war bei Daimlers sehr beliebt. Seine couragierte Hemdsärmligkeit, so eine interne Sichtweise, hatte viele Anhänger. Oft zeigte er sich zum Greifen nah, schlenderte durch die Hallen – Werke –, hielt mit dem einen oder anderen ein Schwätzchen.

Auf Schwäbisch natürlich, er war ein Schwabe durch und durch, konnte also auch Nettigkeiten sagen, wie: »Du Schofsäckel!«

Beliebt war er auch, weil er einen schwäbischen Amerikanismus repräsentierte – vom Tellerwäscher zum Multimillionär. Angefangen hat er bei Daimlers als Lehrling. Ausgestiegen ist er als Mitglied des Vorstands – unfreiwillig, sein Leben endete. Dazwischen eine glanzvolle Karriere mit teils seltsamen, aber immer kurzweiligen Begebenheiten.

Als unerwartet Vorstandsvorsitzender Prinz die Segel strich, ins Jenseits ging, drehte sich das Personalkarussell hinsichtlich der Nachfolge. An Niefer drehte es sich vorbei, was er als »schon ganz in Ordnung» bezeichnete.

Bei Breitschwerdt blieb es stehen. Fortan hatte der rührige Schwabe Hörschwierigkeiten auf dem rechten Ohr. Bedauerlich, während den Vorstandsitzungen saß Breitschwerdt rechts vom ihm.

Die rekordverdächtige Feier »100 Jahre Automobil» in der Stuttgarter Schleyerhalle, rekordverdächtig hinsichtlich der Fernsehzeit, selbst Gottschalk bei »Wetten dass ...« würde sich keine solche Überziehungszeiten leisten, kommentierte er offiziell ruhig mit: »Da ist etwas aus dem Ruder gelaufen.« Genauso ruhig, wie er kurz zuvor Bundespräsident Richard von Weizsäcker antwortete, als dieser ihn, müde des langen Sitzens, fragte: »Wie lange geht das denn noch?« – gemeint war die Show in der Schleyer-Halle. Niefer: »Bald vorbei, bald hämer´s überstanden.«

Ruhig, nachts um drei, nach der Show, in einer von ihm eilends einberufenen Sitzung, war er dann nicht mehr. Laut soll er gewesen sein. Und Schuldige soll er gesucht haben. In der Zeit danach hat er dann auch einige gefunden. Noch heute meinen viele Daimlers: »Die Falschen.«

Mit der Presse konnte er es auch sehr gut. Mit dem Automagazin »Auto Motor und Sport» beispielsweise. Diesem warf er vor, als sich Qualitätsmängel bei der E-Klasse einmal unverhofft breit machten, deswegen unter anderem in Köln Taxifahrer Protestfahrten veranstalteten, dass es nur einseitig berichte – einseitig gegen Daimler.

Der Streit konnte beigelegt werden. Heute meinen die meisten Daimlers: »Aufgrund der Qualitätsmängel, die man in den Griff bekam.«

Einige wenige Daimlers meinen, wohl die Unverbesserlichen, die auch der Presse gegenüber eine kritische bis unbestimmte Haltung haben: »Das Automagazin hat den Nachweis geführt, dass es schon seit vielen Jahren mehr Daimler-Pro-Berichte, man kann auch Hofberichte sagen, als Contra-Berichte veröffentlichte. Dies hat Niefer besänftigt.« Die Unverbesserlichen kommentieren dies mit: »Logisch, bei den vielen Anzeigen, die wir dort schalten.«

In einem persönlichen Gespräch mit Niefer hätten die Macher des Automagazins nicht nur all die vielen Stern-Pro-Artikel präsentiert, sie hätten auch um Verständnis dafür gebeten, dass man nicht immer oder durchweg Pros veröffentlichen könnte. Auf zehn Pros müsste schon ein Contra kommen dürfen. Überhaupt, die Presse und somit auch das Automagazin sei doch neutral, nur den Lesern verpflichtet.

Niefer zweifelte diese Neutralität nicht an. Allein das Contra störte ihn. Nach ihm konnte die Presse neutral sein und dennoch immer nur positiv über Daimler berichten. Das eine habe mit dem anderen nichts zu tun.

Der Version, gemeint ist der Nachweis von Hofberichten seitens der Macher von »Auto Motor und Sport», widerspricht das Automagazin noch heute sehr entschieden.

Eine andere Kollision mit der Presse bezieht sich auf die S-Klasse mit den Stäbchen hinten. Immer wenn die Fahrzeuge rückwärts fuhren, tauchten an den Heckseiten mit Hilfe eines Elektromotors kleine, metallene Stäbchen auf, die den Fahrern anzeigten: »Achtung, hier hört die teure S-Klasse auf!«

Eine wichtige Information beim rückwärtigen Einparken. Wenn da beispielsweise nur bis zum Nummernschild reichende, somit vom Fahrersitz nicht auszumachende Steinblöcke vor einer Mauer waren. Den vorhandenen Abstand zwischen Fahrzeugheck und Mauer konnten die Fahrer dank Fahrzeugende-Stäbchen gut einschätzen. Die vorhandenen Steinblöcke zwar weniger, dafür konnten sie diese gut spüren, auch hören, wenn sie dagegen fuhren.

Nun, die Sache mit den Stäbchen war bereits im Vorfeld der S-Klasse-Pressepräsentation bekannt. Bei BMW in München, deren Siebener schon den elektronischen Abstandswarner hatte. Und somit auch bei den Journalisten.

Während der Pressekonferenz in Südfrankreich wurde Niefer deshalb die durchaus geistreiche Frage gestellt: »Warum solche Stäbchen, wenn es elektronische Abstandswarner gibt? Kann man an denen überhaupt einen Fuchsschwanz befestigen?«

Der fragende Journalist hatte kurze Zeit zuvor über Manta-Fahrer und deren Vorliebe für tierbezogene Autoverzierungen berichtet.

Niefer war wieder schwerhörig: Das rechte Ohr. Nachdem ihm die Frage von besserhörenden Daimlers näher gebracht wurde, meinte er, dass er sie inhaltlich nicht verstehe und bat um weitere Wortmeldungen.

Nach der Pressekonferenz habe er getobt. Habe er sich lauthals über den mangelnden Respekt der Journalisten erzürnt. Dabei sollen recht deftige Worte gefallen sein. Schwäbische Kraftausdrücke, die mit Nachsicht zu behandeln sind. Denn ein Schwabe meint es vielfach nicht so, wie er es sagt.

Niefer war auch ein besonders interessierter sowie engagierter Autofahrer. Er fuhr selbst, so oft es ging. Er fuhr mit, wenn es nicht so ging. Wie zum Beispiel in den konzerngesponserten Renntrucks auf dem Nürburgring oder in Bussen. Halt, Busse fuhr er manchmal auch selbst. Unabhängig ob das ging oder nicht. Beispielsweise in Rom. Leider übersah er da mindestens eine Passantin. Eine Stuttgarterin, in Rom, so ein Zufall aber auch. Sie landete im Krankenhaus und zudem bei Rezzo Schlauch, Anwalt und grüner Politiker.

Noch heute beteuert Schlauch: »Das Mandat habe ich nicht übernommen, um bekannter zu werden. Nein, damals war ich schon sehr bekannt.«

Auch einen siebten Sinn fürs Heraushalten hatte Niefer. Bei den zähen Verhandlungen mit Dornier war er nur kurz dabei, sie waren ihm wirklich zu zäh – »Habe schließlich Besseres zu tun!« Somit war sein Vorstandskollege Reuter allein. Allein einer geschäftstüchtigen Frau, welche die Verhandlungen für Dornier führte, ausgeliefert.

Das Ergebnis ist bekannt: Reuter ließ sich auf einen Wahnsinnskaufpreis breitschlagen und ging, auch wegen anderen Sachen, als größter Kapitalvernichter in die Konzerngeschichte ein. Auch zur Dornier-Affäre soll Niefer gesagt haben: »Da ist etwas aus dem Ruder gelaufen.«

Ja, er feierte gern, ausgiebig, natürlich nur privat. So sollten es auch die Leute um ihn halten. Wer gut festen konnte, hatte bei ihm keine schlechten Karten. Verloren hatte jener Mitarbeiter, der fünfzig Jahre wurde und diesen festlichen Anlass verheimlichen wollte, was misslang. In der Zeit danach stellte Niefer jenen Mitarbeiter Werksbesuchern mit dem Hinweis vor: »Der wurde Fünfzig, stellt Euch vor, der hat nicht einmal ein Fescht gemacht.«

Wenn er jemand mochte, dann klopfte er demjenigen schon einmal anerkennend auf die Schulter oder auf den Rücken. Eine schöne Geste, die in einem Fall, dieser ereignete sich auf dem Genfer Autosalon, für Irritationen sorgte. Dort klopfte er bei einer Journalistin auf den Rücken, meinte er.

Sie meinte etwas tiefer. Prompt berichtete der Spiegel über sein Klopfen eines fremden, weiblich-körperlichen Ortes, dessen Lage für dieses Presseorgan nicht zweifelhaft war.

Auch der Journalist Hans Blickensdörfer war ein Niefer-Freund, ebenso wie der Ex-Ministerpräsident von Baden-

Württemberg Lothar Späth. Er, Späth und Niefer machten gemeinsam Urlaub. In Kanada soll es gewesen sein, mit Reisemobilen. Wer die Rechnungen bezahlte, ist nicht bekannt – sicher hälftig.

Blickensdörfer war mit Mister Mercedes einmal in Moskau, als er von einem tiefen Gefühl übermannt wurde. Davor war er schon mal in dieser Stadt, als Soldat, während des Kriegs. Eigentlich war es eher vor der Stadt, im tiefen Schlamm bei Sintflutregen. Blickensdörfer versank in tiefe Erinnerungen.

Niefer befreite ihn. Er lud ihn zum Umtrunk ein, der so lange dauerte wie die Nacht kurz war.

Ein Gentleman von Scheitel bis zur Sohle, der sich auch eine Pressekonferenz mit Frauen, zur besonderen Unterhaltung der Journalisten, vorstellen kann.

Jürgen Hubbert: Der Gentleman

Der heutige Mister Mercedes heißt Jürgen Hubbert. Ein begnadeter Automobilverkäufer, zumindest im Fernsehen. Und ein Mann der deutlichen Worte, die allerdings nur hinter verschlossenen Türen zu hören sind, nach außen immer ruhig und recht freundlich.

Von den deutlichen Worten dringt manchmal etwas nach draußen. Meist durch die Personen, denen die Worte galten.

Stichwort: Formel 1. Hier habe er schon des öfteren klare, unmissverständliche bis laute Worte gesprochen. Deren Kerninhalt: »Ich will die Weltmeisterschaft.«

Allein bei der Umsetzung hapert es. Manchmal, nicht immer. Mika Häkkinen hatte sich ja schon Hubberts Wort zu Herzen genommen, wurde Weltmeister, gleich zwei Mal.

Gerüchten zur Folge hatte er Hubberts Worte sogar so weit verinnerlicht, dass er während eines Rennens, als nichts mehr lief, die nächste Weltmeisterschaft wieder einmal in weite Ferne rückte, sich weinend in den Straßengraben zurückzog.

Nun ist Häkkinen nicht mehr, Hubberts harte Forderung besteht aber immer noch: Wer kann sie jetzt umsetzen? Man darf gespannt sein, denn bei Nichtumsetzung in absehbarer Zeit sollen Köpfe rollen. Anders gesagt: Sollen neue Köpfe kommen, von einem anderen Rennteam abgeworben. Beispielsweise Pablo Montoya von Williams-BMW.

»Das ist auch höchste Zeit«, meinen Daimlers. Allein darauf, welche Köpfe rollen sollen, darauf wollen sie sich nicht festlegen. Selbst auf den Kopf von Norbert Haug, Rennleiter bei Daimlers, nicht: »Aus dem wird sicher noch etwas.«

Hubbert ist, wie er selbst sagt, ein Bewunderer von fähigen, herausragenden Menschen. Sicherlich deshalb bewunderte er auch Hans Werner, den einstigen Chef von Mercedes-Benz. »Der kam recht spät zu uns und hat sich erstaunlich schnell und gut eingearbeitet.« Na ja, viel hat es dem Werner nicht genutzt. Den Machtkampf mit Schrempp, dem heutigen Daimler-Vorstandsvorsitzenden, hat er verloren.

Eine Geschichte übrigens, der viele Daimlers noch heute nachtrauern. Sie mögen Schrempp, in Maßen, Werner, in Übermaßen. Dies nach dem Prinzip: Jeder steht auf Davids Seite, Goliath ist schon stark, deshalb gewinnt er öfters. Werner, der David, der nicht gewann.

Viele Daimlers heute: »Ach hätten die zwei sich doch bloß vertragen, dann wäre heute einiges anders.«

Auf die Frage: »Was zum Beispiel?« kommt die nicht ganz unerwartete Antwort: »Chrysler hätten wir dann nicht oder nicht mehr an der Backe.« Getragen von der Vermutung: David, von Haus aus klein, leidet nicht an Größenwahn.

Auch Hubbert, ein Daimler-Eigengewächs, aus Sindelfingen kommend, hat sich gut eingearbeitet. In die Rolle eines Vorstands. Mit großem Verständnis für alles. So zum Beispiel auch für den Journalisten, der, zum ersten Mal auf einer Presseveranstaltung in der Konzernzentrale in Stuttgart-Möhringen, sehr angetan vom tollen Rahmen, ihn fragte: »Und wo sind die Frauen? Hier fehlen nur noch Frauen.«

Hubbert, ganz Gentleman, entgegnete: »Damit können wir Ihnen heute leider nicht dienen. Tut mir leid. Gern nehme ich aber Ihre Anregung auf und leite sie an die Presseabteilung weiter.«

Eine äußerst harte Zeit machte er durch, als die A-Klasse umfiel. Er agierte als Frontman, während Schrempp Backman war. Der Backman, der sich erst öffentlich zu Wort meldete, so die Meinung von einigen Daimlers, als alles hin zum Guten bereits entschieden war.

Auf einer eilends einberufenen Pressekonferenz in Stuttgart nahm Hubbert zur Umfallsucht ausführlich Stellung. Wich keiner noch so kritischen Frage aus. Auch der Frage nicht, ob die ganze Geschichte nur ein böses Spiel der Konkurrenz sei. Zum Beispiel der Konkurrenz in Wolfsburg.

Hubbert, wieder ganz Gentleman, verneinte. »Wir haben uns diesen Fehler selbst zuzuschreiben und wir werden ihn beheben.« Das imponierte den Daimlers. Zumal sie wussten, wie jedes Kind auch, dass das alles die neidische, gemeine, hinterhältige Konkurrenz sauber eingefädelt hatte. Doch ihr Vorstand zeigte Stil, machte nicht einmal die kleinste Andeutung.

Heute meinen Daimlers: »Denen haben wir es gezeigt. Die A-Klasse steht supergeil da, wird supergut gekauft. Die Umfallgeschichte ist vergessen.«

Bewundert haben sie ihren Vorstand auch im Fernsehen. Beim Jauch, einem Quiz-Moderator, der öfters sagt: »Das verstehe ich nicht.«

Daimlers: »Wie der Hubbert den Maybach da im Fernsehen vorgeführt hat, das war schon gekonnt genial.«

»Was war daran so genial?«

»Ha, der wusste über jeden Knopf Bescheid. Das kann man nicht von allen Vorstandsmitgliedern behaupten.«

Wie kann man jemanden Boxerqualitäten zusprechen, wenn dieser jemand überhaupt nicht boxt? Oder boxt er doch, vielleicht eine besondere Form des Schattenboxens?

Jürgen Schrempp: Rambo und Rocky

Viele Leute haben einen Spitznamen, manche werden Mister Mercedes genannt, andere Kapitalvernichter, wieder andere Rotlicht-Oskar – nein halt, das ist eine andere Baustelle, eine in Saarbrücken. Daimler-Chef Jürgen Schrempp hat den netten Zunamen: Rambo.

Nicht zu verwechseln mit jenem Dschungelkämpfer, der, um seine Gegner zwischen Fauna und Flora platt zu machen, wie eine Dampfwalze vorgeht: Erst den Dschungel zubomben, dann die restlichen, noch vorhandenen Gegner abfackeln oder mit tausend Schuss pro Mann ins Jenseits befördern. Viel Aufwand um armselige Geschichten.

Jener Dschungelkämpfer spielt Silvester Stallone, bekannt durch seine Rocky-Boxerfilme, in denen er blutverschmiert und mit tierischen Lauten die Kämpfe stets für sich entscheidet.

Schrempp, der Rambo, ist ein anderer. Silvester Stallone ist gegen ihn ein Softy, ein Weichei. Schrempp ist Boxer-Rocky und Dschungelkämpfer-Rambo in einem. Wobei der handlungsaktive Schwerpunkt, aufgrund des fehlenden Dschungels, bei Rocky liegt.

Der Begriff »Rambo» kommt von »rammen«, »bo» von »Boy«, nicht von »Bock«, wie viele meinen, darunter auch manche Daimlers. Ein Rambo ist deshalb ein rammender Junge, der es nicht besser weiß. Nun, der rammende Schrempp ist kein Junge mehr.

Fans von Boxer- und anderen Nahkampffilmen meinen, dass Rambo-Rocky etwas mit Boxen, sich durchboxen, sich nach oben boxen, trotz schlechter Karten, zu tun hat. Ob Schrempp wirklich boxt, weiß man aber nicht. Dass er oben ist, weiß man: Vorstandsvorsitzender. Dass er schlechte Karten hatte auch: Die Misere Fokker. Dass es KO-Siege auf seinem Weg nach oben gibt, ist ebenfalls bekannt. Zum Beispiel sein Knock-out-Sieg über Hans Werner, Ex-Vorstand Mercedes-Benz.

Nun muss man doch der Frage nachgehen: Boxt er? Vielleicht boxt er, aber anders? Einen besonderen, nicht so bekannten Stil? Eine neue Variante des Schattenboxens – der, der boxt, bleibt im Schatten, unsichtbar, kann so auch keine Gegenschläge kassieren. Auch weil der Gegner nicht weiß, wer gerade auf ihn einboxt.

Mit dem Nachgehen dieser Frage ist es so eine Sache. Tatsächlich sah niemand Schläge, also kein boxender Schrempp. Dennoch wurden Treffer gezählt – bei Werner.

Ein Beispiel: Werner fuhr routinemäßig zu Hilmar Kopper, Deutsche Bank, nach Frankfurt. In der Presse stand am anderen Tag sinngemäß: »Mercedes-Chef verhandelt wegen seines vorzeitigen Ausscheidens in Frankfurt.«

Werner dementierte: »Ich bleibe bei Mercedes, die Meldung ist falsch.« Doch er war angezählt, denn die Leute landauf und landab fragten sich: Ist da nicht doch etwas Wahres dran? Trägt er sich nicht doch mit Abwanderungsgedanken?

Fragen mit einem Dementi von Werner als Antwort. Manche bezweifelten diese Antwort. Vermuteten etwas anderes. Unsicherheit machte sich breit. Eine Unsicherheit, die ein oder der Gegner nutzen konnte. Was prompt passierte.

Noch ein Boxtreffer-Beispiel: Unversehens tauchte in der Presse die Meldung auf: »Mercedes-Chef Werner wird neuer Bahn-Chef«.

Wieder dementierte Werner: »Da ist überhaupt nichts Wahres dran! Ich bleibe bei Mercedes!«. Doch wieder war er angezählt, denn wieder dachten die Leute: Da wird schon etwas dran sein! Der will bei Mercedes nicht mehr bleiben! Ja der Schrempp, der macht ihm das Leben auch so schwer, da kann man schon verzweifeln. Das Handtuch schmeißen.

Viele Daimlers fragten sich: »Wie kommt das alles nur in die Presse? Von wo wissen die Herren Journalisten denn das? Wer hat sie informiert? Werner wohl nicht, nein!« Fragen, auf die es bis heute keine Antworten gibt.

Das Ende des Schlagabtausches ist bekannt: Werner ging zu Boden, verkündete seinen unwiderruflichen, endgültigen Rücktritt, sein Ausscheiden – ein Abtritt.

Aber eigentlich ist das alles Schnee von gestern. Hier und da redet man bei Daimlers zwar noch darüber, doch immer seltener. Wenn heute der Begriff »Rambo» auftaucht, denkt man eher an die vielen Entlassungen aufgrund einer von Schrempp dem Konzern verordneten Schlankheitskur.

Wobei so mancher meint: »Ein fettes Unternehmen ist doch nicht schlecht. Hat etwas auf den Rippen, friert nicht so schnell. Geht auch nicht so schnell unter. Fett schwimmt.« Sie haben die wohlgefüllten Bankkonten des Konzerns im Blick. Und die Tatsachen im Kopf, dass mit weniger Leuten mehr geleistet werden soll – heute mehr geleistet werden muss. Und der Vorstand, allen voran Schrempp, heute viel mehr verdient.

Für besonderen Gesprächsstoff – immer noch – sorgen Schrempps Vorlieben für Rotwein und sein Verhältnis zur Polizei.

Rotwein und Polizei, alles italienisch, römisch, bei den Spanischen Treppen. Nach Meinung vieler Daimlers mag er den italienischen Rotwein sehr, die Polizei in der italienischen Hauptstadt nicht so sehr. Sollen ihn – wegen Trunkenheit oder Randalierens – angeblich kurzeitig eingesperrt, zumindest auf dem Revier festgehalten haben.

»Wie? Mit Gewalt? Unseren Schrempp?«, rätseln immer noch viele Daimlers.

»Er hat die Polizisten beschimpft, hat sich ihnen gegenüber halt wie ein Rambo benommen«, antworten jene, die eine Antwort geben möchten – leise.

»Hat er mit ihnen geboxt?«, fragen diejenigen, die meinen, dass Rambo immer etwas mit Faustkampf zu tun hat.

Negativ. Niemand hat Schrempp, auch im fernen Rom nicht, im klassischen Sinn boxen gesehen.

Gesprochen wird auch über den Titel »Größter Kapitalvernichter des Konzerns«. Hier wollen einige Daimlers, ihre Zahl wächst zusehends, den Titel neu, zum zweiten Mal vergeben. Reuter, der hat ihn schon, erster Würdenträger. Schrempp, der hat ihn bisher nur inoffiziell, wird er als zweiter Würdenträger in Lauerstellung gehandelt. Der Vorschlag zur Wahl kommt nicht von ungefähr. Gleichgesinnte untereinander: Reuter höchstpersönlich hat Schrempp für diese Auszeichnung vorgeschlagen. In seinem Buch.

Rambo-Rocky Schrempp hält davon nicht viel. Obwohl er die Auswahlkriterien klar erfüllt, das ist unter Daimlers unstrittig. Und weil er von der Auszeichnung nicht viel hält, hat er sich bei demjenigen, der ihn vorgeschlagen hat, bei Reuter, fürchterlich gerächt. Er ließ die Ausgaben für dessen Chauffeur, für die der Konzern aufkam, brutal auf Null zusammenstreichen.

Diese Brutalität schreckt viele Daimlers. Deshalb sagen sie nicht offen, dass sie ihrem höchsten Dienstherrn die oben genannte Auszeichnung gern überreichen wollen. »Am Schluss entlässt er uns gar, bei dem weiß man nie so recht.«

Stattdessen beschäftigen sie sich mit Schrempps Wohnadressen. Auch die sorgen für heftige, umfängliche, emotional geführte Diskussionen. Wo wohnt er jetzt eigentlich?

In den Zeitungen stand, er ist nach München gezogen. Angeblich sei es dort schöner, interessanter, kurzweiliger, weltoffener als in Stuttgart. Im Konzern selbst ist zu diesem Thema nichts zu hören. »Das soll wohl unter den Teppich gekehrt werden«, vermuten einige Daimlers.

»Das ist der Anfang vom Ende«, kommentieren die schwäbisch-tiefverwurzelten Stern-Beschäftigten die Zeitungsberichte. »Ein Vorstandsvorsitzender von uns, dem Stuttgarter Vorzeige- und Traditionsunternehmen, wohnt in München? Beim Erzfeind BMW? Das darf doch überhaupt nicht wahr sein.«

»Er wohnt auch in Stuttgart. Das stand ebenfalls in den Zeitungen«, sagen die Daimlers der gemäßigteren Art. Sie sind in der Hierarchie etwas höher angesiedelt, also näher bei Schrempp.

»Ja, ja, in Stuttgart, in Südafrika und jetzt in München. Ich sage, der identifiziert sich mit uns Stuttgartern nicht mehr. Das ist der Anfang vom Ende«, antworten die Daimlers, die nicht so nah bei Schrempp sind.

»Und in den USA ist die Konzernholding. Bedenkt, wir sind ein internationales Unternehmen. Er hat in den USA sicher auch eine Wohnadresse, logisch, muss er haben «, entgegnen die Schrempp-Nahen. Sie vermeiden die Formulierung »amerikanisches Unternehmen«, sagen lieber: »internationales Unternehmen» – sind halt Schwaben. Die beruhigen sich gern selbst.

»Wo wohnt er denn da? Und wer bezahlt das alles?«, fragen die Schrempp-Fernen.

»In New York, in Detroit, eben dort, wo die Szene in ist, das Leben tobt und auch Chrysler ist, natürlich, da ist auch Schrempp. Sicher wird er auch etwas für sein Wohnen bezahlen.«

»Und Berlin? Potsdamer Platz?«

»Ja, irgendwo wird er da auch wohnen.«

Ein Altgedienter bringt es auf den Punkt. »Der Daimler in Stuttgart verliert mehr und mehr an Bedeutung. Erst werden keine Steuern mehr bezahlt, jetzt ziehen die Vorstände weg. Wenn mein Großvater und mein Vater das wüssten. Die würden sich im Grab umdrehen.«

Wie im Fußball so auch in der Formel 1, eigentlich kann jeder jeden schlagen. Nur wer Glück hat und über deutsche Tugenden verfügt, der siegt – oder nicht?

Formel 1: Wir möchten auch mal gewinnen

»Wer ist McLaren? Das sind wir!«, sagen sehr, sehr viele Daimlers voller Stolz. Am Anfang einer Rennsaison. Immer wieder. Während der Saison, während der Rennen bröckelt dieser Stolz, manchmal bricht er auch zusammen.

Besonders wenn man vor einem Rennen an einem Mitmischen bei den vorderen Plätze glaubte, doch dann ein Mitmischen auf den mittleren Plätzen, wenn überhaupt, miterleben muss.

»Das ist halt ein arg schwieriges Geschäft«, kommentieren dies viele Daimlers in Stuttgart und Sindelfingen. Und wenn man sie fragt: »Warum schwierig? Warum schafft der kleine Autohersteller Ferrari es, in schöner Regelmäßigkeit vorne mitzumischen? Warum schafft dies der weltgroße Autohersteller Daimler mit seinen riesigen Ressourcen nur manchmal?« folgen viele Antworten. Gegeben mit gerunzelter Stirn. Die erste Antwort, Einstiegsantwort, lautet: »Die Frage kann man so nicht stellen.«

»Warum nicht?«

»Man muss die Verhältnismäßigkeit der Mittel sehen.«

»Genau hierauf zielt die Frage.«

»Schon, doch wir geben unsere ganzen Mittel, meinetwegen auch Ressourcen, nicht in die Formel 1. Wir haben Besseres zu tun. Zum Beispiel Autos bauen. Autos für die Straße, für jedermann, die zuverlässig sind.«

»Den Anspruch der Zuverlässigkeit sollte man vielleicht auch für die Formel 1 erheben. Da haben die Stern-Renner, die Silberpfeile, so ihre Probleme.«

»Und Ferraris auf der Straße? Da haben die Probleme! Wenn Sie mit einem Ferrari so viel fahren würden wie mit einer S-Klasse oder mit einem SL gewöhnlich gefahren wird, dann würden Sie ihr blaues Wunder erleben. Selbst Michael Schumacher ist ja schon mit seinem Ferrari stehen geblieben. Sein Auto musste von einem Hotelparkplatz abgeschleppt werden. Überhaupt, Ferrari ist nicht der kleine Autohersteller. Ferrari gehört zu Fiat.«

Der Hinweis auf den Autohersteller Fiat, der schließlich auch über große Ressourcen verfügt, folgt in der Regel nach der Einstiegsantwort. Danach Hinweise, die etwas mit Glück – Ferrari – und Pech – Daimler – zu tun haben. Weiter folgen Anmerkungen über besonders fähige Leute, die natürlich auch Daimler hat, doch die bei Ferrari haben einfach, überhaupt und durchweg mehr Glück. »Ferrari hat das Glück gepachtet, doch irgendwann ist das vorbei. Dann sind wir da.«

Die Krönung aller Antworten ist der Vergleich mit dem Fußball. Genau genommen gibt es hier drei Vergleiche: Der Weltfußball, zu dem unter anderem Berti Vogts mit seinen Schotten zählt, die deutsche Nationalmannschaft und der VfB Stuttgart.

Bei Berti Vogts und seinen Schotten wird angeführt, dass eine vermeintlich klasse Mannschaft, also haushoher Favorit wie die Schotten es sein könnten, gegen eine vermeintlich drittklassige Mannschaft, also krasser Außenseiter wie zum Beispiel die Färöer Inseln, durchaus verlieren kann. Als Begründung folgt der nach Sepp Herbergers Satz »Der Ball ist rund» am zweithäufigsten genannte Satz: »Underdogs gibt es im Fußball nicht mehr, alle spielen auf einem sehr hohen Niveau, da kann jeder jeden schlagen.«

Hinsichtlich der deutschen Nationalmannschaft wird darauf hingewiesen, dass die zwar auch gegen Underdogs verlieren kann, das aber nicht darf. Wenn man sich in ein Spiel, das man gewinnen muss, mit aller Kraft reinhängt, dann gewinnt man das mit dem Glück des Tüchtigen. Somit lässt man deutsche Tugenden, von denen die deutsche Nationalmannschaft lebe, auch bei Daimlers hochleben: Über Kampf, Kraft, Teamgeist zum Sieg! Eine Frage, die sich nach solchen Ausführungen geradezu aufdrängt, ist: »Was hat das mit der Formel 1 zu tun, pflegen dort Daimlers die deutschen Tugenden zu wenig?«

»Schon, ja, doch! Aber dort sind auch viele Engländer und andere.«

»Wäre also ein deutscher Fahrer besser?«

»Hm.«

»Vielleicht ein Schumi?«

»Bei Ferrari gewinnt zuallererst dieser Schumi, erst an zweiter Stelle Ferrari. Wir wollen schon, dass zuallererst ein Daimler gewinnt, dann erst der Fahrer.«

»Etwas schwierig, oder nicht?«

»Sprechen wir nach unserem nächsten Sieg weiter.«

»Wann wird das sein? Nach dem nächsten Rennen?«

»Hm.«

Nachdem das mit der deutschen Nationalmannschaft und den deutschen Tugenden, die bei Daimlers in der Formel 1 unterrepräsentiert sind, geklärt ist, kommt die Sprache auf den VfB Stuttgart. Die vergleichende Antwort hier: »Der VfB hat allen vorgemacht, dass man auch mit finanziell bescheidenen Mitteln gewinnen kann. Mit einer jungen Truppe, bestehend aus Geringverdienern, im Vergleich zu den anderen Bundesligaprofis. Mit ihr schaffte der VfB den Sprung von einem Abstiegsplatz auf Platz zwei der Bundesliga.«

»Was heißt das für die Formel 1?«

»Ja, was ich schon die ganze Zeit sage. Auch mit geringen Mitteln kann es dort ein Team schaffen, vorne mitzufahren.«

»Wer zum Beispiel?«

»Ferrari.«

»Die haben aber doch viele Mittel, wie zuvor festgestellt. Gehören zu Fiat.«

»Schon, ist ja nur ein Beispiel.«

Ein autoherstellender Koreaner wollte vor Daimlers Toren als Fußball-Sponsor auftreten, was aus Gründen des Prinzips verhindert wurde.

Daimler-Stadion: Nur optimal vermarktet, keine Erpressung

Der Daimler und der Stuttgarter VfB – eine Liebesbeziehung? Auf jeden Fall eine Beziehung, die nicht allein auf Geld beruhen sollte. Das meinen Daimlers. Sie betonen die gute Freundschaft und die gute, nahe Nachbarschaft.

Letzteres ist wörtlich zu nehmen, direkt vor Daimlers Toren in Stuttgart-Untertürkheim befindet sich der Fußballclub.

Die Verantwortlichen des Clubs betonen etwas anderes: Jede Beziehung muss Geld bringen. Angesichts der Finanzlage verständlich, in der Vereinsfarbe Rot erscheinen auch die Zahlen.

Doch diese Zahlen interessieren Daimlers nach eigenem Bekunden nicht so richtig. Dennoch pflegen sie den Verkehr zum Club. Man kennt sich, sieht sich und meldet sich, wenn einem etwas nicht passt. »Als guter Nachbar hat man doch ein Mitspracherecht«, meinen Daimlers.

Auch wenn man nicht zahlt, zum Beispiel für die Trikotwerbung. Clubanfragen diesbezüglich wurden abschlägig beschieden. »Nein, so etwas machen wir nicht. Wir sind nicht die Opels oder Fords.«

Dann die Explosion, welche die Beziehung erstmals und nachhaltig erschüttern ließ.

Der koreanische Fahrzeughersteller Hyundai, dessen deutscher Importeur, erdreistete sich, einiges den kickenden VfBlern bezahlen zu wollen. Das war aber an sich nicht so bedenklich.

Weitaus bedenklicher aus Sicht der Daimlers war die unverschämte Forderung, dass die Kicker den Namen des Koreaners auf dem Trikot sichtbar tragen sollten. Kein Ausweichen dieser Forderung war möglich. Geld gegen Trikotwerbung. Und dann die Ungeheuerlichkeit: Die Clubverantwortlichen erklärten sich einverstanden.

Die Telefone liefen heiß.

Auf der einen Seite zutiefst erboste Daimlers: »Sie können doch nicht die Konkurrenz vor unserer Haustür für sich werben lassen?« Auf der anderen Seite coole Clubverantwortliche: »Sie wollten bei uns ja nicht werben. Überhaupt, ist diese koreanische Autofirma eine Konkurrenz für Sie?«

»Äh, nein, natürlich nicht! Es geht ums Prinzip.«

Über dieses Prinzip wurde in den Tagen danach viel gesprochen. Auch darüber, von wem aufgrund eines guten Tons was wie einzuhalten wäre. Irgendwann einigte man sich. Statt des Koreaners kam ein Telefonierer zum Zug: debitel.

Das heißt, der deutsche Hyundai-Importeur hat von seinem Ansinnen Abstand genommen, weil sein Lieferant und Chef, Hyundai in Korea sagte, er soll Abstand nehmen, was ihm wiederum der Stern-Vorstand gesagt hatte. Immerhin, Daimlers sind bei Hyundai größter Anteilseigener, da darf man schon einmal sagen – im fernen Korea, was einem in Deutschland, hundert Meter vor der Haustür, nicht passt.

All dies ist die vermutete Vermutung von Daimlers, die zugleich VfB-Fans sind. Sie können halt nur vermuten, wüssten sie mehr, würden sie es, so sind Fans, was auch der Stern-Vorstand weiß, an ihren Club weiter geben. Deshalb liefen die erdumspannenden Daimler-an-Hyundai-Gespräche auch als strenggeheime Ich-gebe-dir-einen-Befehl-und-du-hast-gefälligst-zu-gehorchen-Sache.

Manche Daimlers, die zugleich VfB-Fans sind, glauben, dass seit jener Zeit die Clubverantwortlichen einen Sinneswandel vollzogen haben. Die Auffassung vertreten: Die Verbindung zum Autokonzern sollte weniger auf Freundschaft und guter Nachbarschaft beruhen, stattdessen mehr auf Geld, auf einer von Daimler zu schaffenden finanziellen Basis.

Zurückzuführen auf die Vermutung, dass auch die Clubverantwortlichen vermuten, wem sie den Absprung des deutschen, finanziell potenten Hyundai-Importeurs als Werbepartner zu verdanken haben.

Mit debitel ist man nicht unzufrieden, nein, das nicht. Doch verlockend ist die Vorstellung, dass Hyundai mehr bezahlt und vor allem weniger in die VfB-Geschäftstätigkeiten eingegriffen hätte. So einer wie der Rüssmann beispielsweise dann noch da wäre, einer, der auch den VfB vor dem Abstieg in die zweite Liga gerettet hat.

Ganz offensichtlich wäre die neue Denkrichtung geworden, als der Name der VfB-Fußballarena »Daimler-Stadion» zur Sprache kam. Signalisiert wurde von den Clubverantwortlichen, dass dieser Name nicht für immer und ewig bestehen könne, wenn dafür nichts bezahlt werde.

Das schockierte so manche Daimlers, auch den Vorstand. Das war die Pistole auf der Brust. Jetzt wurde den VfBlern alles zugetraut. Auch die Änderung in: BMW-Fußballarena.

Vorsichtig fragte man bei den Clubverantwortlichen an: »Das Stadion, so nahe zu unserem Werk, kann doch überhaupt nicht anders heißen, als wie es schon heißt, oder?«

Die Befragten: »Das sehen wir auch so.«

»Schön, alles klar, dann ist die Sache mit dem Namen ja geregelt.«

»Das sehen wir nicht so. Wenn Sie nichts bezahlen, wird das Stadion umgetauft.«

»Wie? Sie haben doch gerade ... Welcher Name denn?«

»Neckarstadion, so wie es früher hieß.«

»Neckar ist nichtssagend. Unser Name ist vielsagend, bekannter, zugkräftiger. Unser Name ist ein Wirtschaftsfaktor.«

Die Clubverantwortlichen, bestens vorbereitet, antworteten: »Das sehen wir nicht so. Der Neckar ist auch bekannt, ein Touristenmagnet und ein Wirtschaftsfaktor obendrein. Der Name unseres schönen Flusses kann mit Eurem mithalten.«

»Sie stellen den Neckar in Konkurrenz zu unserem Namen, sehen dabei keinen Unterschied? Das ist unfassbar!«

»Sie können das Unfassbare leicht vermeiden, wenn Sie für die Aufrechterhaltung der Bezeichnung »Daimler Stadion» bezahlen.«

»Erpressung!«

»Nein, Marketing.«

Viel spannender als die Formel 1 sind die Gerüchte um die Formel 1. Sie sorgen wochenlang für Diskussionsstoff, auch oder vor allem bei Daimlers.

Norbert Haug: Der Solidarische

»Er ist einer von uns«, meinen viele Daimlers in Stuttgart und Sindelfingen. Doch diese Meinung sehen sie manchmal hart auf die Probe gestellt. Die Rede ist von Norbert Haug, Rennleiter bei Daimlers.

Als äußerste Belastungsproben werden seine Auftritte vor Fernsehkameras angesehen. »Er schwätzt so breit, so dialektisch und er kann über alles schwätzen. Auch über Sachen, die er nicht versteht. Das merkt man ihm aber gottlob nicht an. Er ist halt ein Medienprofi.«

Klar, seine Karriere kennen die Daimlers. Einst bei dem Stuttgarter Magazin »Auto Motor und Sport«, Redakteur. Danach bei der Fachzeitschrift »Sport Auto«, auch Stuttgart, im Grade eines Chefredakteurs. Dann konzerneigener Rennleiter. Und so gefühlvoll ist er auch. Doch halt, hier scheiden sich die Geister unter Daimlers.

Begonnen hat alles, als Michael Schumacher mal in einer Kurve geradeaus fuhr und in einen Reifenstapel donnerte. Ergebnis: Beinbruch, Auto Totalschaden. Das Rennen wurde fortgesetzt. Schumacher gewann es ausnahmsweise nicht, lag im Krankenhaus.

Haug heulte in die Fernsehkameras. Schumachers Unglück war sein Unglück. Sein Anlass zum teilnahmsvollen, gefühlsbetonten, niedergeschlagenen bis verzehrenden Heulen. Es war zum Herzzerreißen. Diese tiefe, unter die Haut gehende Anteilnahme.

Etwas gefühlskältere Daimlers fragten: »Was macht der erst, wenn sich jemand ein Bein und einen Arm bricht? Verwundet er sich aus lauter Solidarität dann selbst?«

Klar, nicht jeder König hat in seinem Volk nur Anhänger.

Andere, gleichkaltfühlende Daimlers fragten: »Ja, und was macht er, wenn sich gar einmal ein Fahrer von uns verletzt? Der Schumacher fährt ja nicht für uns.«

Etwaige Möglichkeiten, was er dann machen könnte, reichten von Selbstaufgabe über Rücktritt und Selbstmord bis Selbstfahren, das Rennen, nein, die Rennsaison gewinnen. Letzteres wurde aber schnell verworfen. Erkannt wurde, dass er für einen Formel-1-Wagen doch, obwohl abgenommen, zu umfänglich ist.

Nicht unerwähnt darf bleiben, alle, auch die gefühlskälteren Daimlers, hofften – hoffen immer noch –, dass sich in der Formel 1 zu keinem Zeitpunkt irgendjemand verletzt. Alle Fahrer und somit auch der solidarische Haug an Leib und Seele unversehrt bleiben.

Das ergreifende In-die-Kamera-Heulen hat auch Anlass für viele Spekulationen ergeben. Gleich mehrere Daimlers meinten: »Der heult, weil jetzt wahrscheinlich der Deal mit Michael Schumacher nicht klappt.«

»Was für ein Deal?«

»Na der Wechsel von Ferrari zu uns.«

»Wieso? Irgendwann ist Schuhmacher wieder gesund und dann kann er doch wechseln? Wenn er denn wechseln sollte oder wollte.«

»Ne, so schnell geht das nicht. Der bleibt bei seiner Krankenversicherung.«

»Krankenversicherung?«

»Na ja, bei Ferrari. Die zahlen ihm doch das Krankengeld. Ein paar Millionen, auch wenn er nicht fährt. Bei uns wäre das nicht drin. Ne, mit dem Wechsel wird es jetzt nichts. Das weiß der Haug, deshalb flennt der so.«

Seit der Schumacher-Beinbruch-Heul-Affäre steht Haug bei etlichen Daimlers im Rampenlicht des besonderen Interesses. Dieses Interesse lässt nicht nach, auch weil es immer wieder durch besondere Anlässe neu entfacht wird.

Einmal machte die Nachricht die Runde, dass Michael Schumacher auf einer Daimler-Party einen seiner vielen Weltmeistertitel feierte. Wieder schossen die Spekulationen über einen möglichen Wechsel – Schumi im Silberpfeil? – wie wild ins Kraut. Als die nichts brachten, hielt man den Atem an, wartete auf die erlösende Nachricht.

Tagelang, eine Ewigkeit. Allein die Nachricht kam nicht. Es kam überhaupt keine Nachricht. Im Fernsehen, in den

Radionachrichten, in den Zeitungen – nichts. Unmut machte sich breit, verbunden mit der Frage: »Wer hat denn den Schumacher eingeladen? Wer bezahlt seine Zeche? Wenn wir feiern, laden wir niemanden von BMW oder VW ein. Besonders dann nicht, wenn die mehr Autos als wir verkauften.«

Die Antworten konzentrierten sich auf einen Namen: »Norbert Haug.«

Beinah logisch, dass danach wieder Gerüchte wie wild hochschossen. Dieses Mal quälende Fragen wie: »Geht der Haug zu Ferrari? Wird er dort Rennleiter?«

Es war ein kurzlebiges Gerücht. Für das schnelle Absterben sorgte nicht die Erkenntnis, Ferrari hat schon einen guten Rennleiter, sondern die Vorstellung, Haug, der breitsprechende Dialektiker mit schwäbischem Einschlag, spricht italienisch.

Neue Nahrung bekamen die Daimlers mit Sonderblickfeld »Haug«, als bei einem Rennabbruch ein Jordan-Fahrer, obwohl in Führung liegend, nur den zweiten Platz erhalten sollte. Kimi Raikkönen, der Daimler-Fahrer, im Rennen Zweiter, den ersten Platz.

Nun, dagegen war grundsätzlich nichts einzuwenden. Daimler auf Platz eins ist immer richtig.

Haug sagte in die Fernsehkameras: »Der zweite Platz ist für dieses kleine Team schon in Ordnung.«

Engagierte Daimlers kommentierten dies: »So etwas sagt man doch nicht! Das ist gönnerhaft, von oben herunter! Wir geben Millionen aus, damit wir von dem Image, hochnässig zu sein, wegkommen und was macht dieses Trampeltier?«

Wahrscheinlich dachten die Verantwortlichen des Formel-1-Rennzirkus ähnlich. Sie korrigierten einige Tage später das Ergebnis: Dem kleinen Team wurde der erste Platz zugesprochen.

Wie Haug diese Nachricht aufnahm, ist nicht bekannt.

Nicht immer stehen die neuen Silberpfeile bei Journalisten im Vordergrund oder im Rampenlicht des öffentlichen Interesses. Eine kleine Liebschaft kann sie von der ersten auf die letzte Seite verdrängen.

Sensation: Boris Becker in Love schlägt Silberpfeile

Ein Highlight im Formel-1-Zirkus, genauer gesagt, im Vorfeld des Zirkus, ist die Vorstellung der neuen Rennwagen: Der Silberpfeile.

Sie wird initiiert, pompös und mediengerecht. Viele Journalisten, meist aus aller Welt, werden an einen interessanten bis schönen Ort geladen, zum Beispiel nach Valencia, um die Boliden, mit denen man die kommende Rennsaison gewinnen möchte, zu bestaunen.

Die Journalisten bestaunen brav, was zu bestauen ist und was in der Regel zu vielen furchterregenden Veröffentlichungen führt. Furchterregend im Hinblick auf die Formel-1-Konkurrenz. Die soll über die zu erwartende Stärke der Silberpfeile auf den Rennpisten sich schon einmal vorab fürchten.

Immer gleich, ein Spektakel vor Ort, am Ort der Rennboliden-Präsentation. Danach wochenlang in den Medien. Klar, neue Rennwagen polarisieren, erhöhen die Spannung auf den eigentlichen Zirkus.

Doch einmal lief alles anders. Nicht hinsichtlich der Inszenierung an sich, die war wie immer: Großartig und für die Rennkonkurrenz mitleidserregend. Eigentlich waren auch mehr Journalisten als sonst vor Ort. Insoweit hätte das Medienecho noch gewaltiger sein müssen.

War es aber nicht.

Die Berichte über die neuen Silberpfeile liefen nur unter »ferner liefen«, waren nebensächlich.

Der Skandal kündigte sich bei Daimlers in Stuttgart und Sindelfingen während der ARD-Tagesschau an. Kurz wurden die neuen Silberpfeile erwähnt und im Bild gezeigt, viel,

viel länger und viel, viel ausführlicher – in Worten und in Bildern – wurde über einen Gast bei der Rennervorstellung berichtet: Über Boris Becker. Über ihn und über seine neue Flamme, eine Braungebrannte.

Gleiche niederschmetternde Situation in allen anderen Fernsehsendungen, in den Hörfunkberichten, in den Tageszeitungen, in allen gedruckten Presseorganen. Auf den ersten Seiten mit riesigen Schlagzeilen immer Boris Becker mit neuem, braunem Anhang, natürlich auch mit mindestens einem Bild. Er siegesgewiss lächelnd, sie an seiner Schulter kuschelnd.

Natürlich war das Foto oder waren die Fotos immer recht groß. Übergroß im Vergleich zu dem einzelnen Foto über die neuen Silberpfeile auf der letzten Seite der Magazine bis Tageszeitungen.

Den Daimlers schnürte es die Kehle zu. Sie verstanden die Welt nicht mehr. Unsere Silberpfeile abgeschlagen? Wie manchmal im Rennen auch? Doch jetzt auch in den Medien? Durch Bobele?

Durch ihn, der doch mehrmals im Jahr seine Flamme wechselt – also nichts Besonderes?

Wir dagegen bringen immer nur einmal im Jahr zwei neue Silberpfeile. Warum hat Herr Becker – vertraute Bezeichnungen wie Bobele oder Boris wurden gestrichen –, das um Himmels Willen gemacht? Ist er denn kein Freund mehr von uns?

In den Werken wurde schichtweise diskutiert. Mutmaßungen über Mutmaßungen machten die Runde. Das Ergebnis einer Schicht wurde am Schichtende der nächsten mitgeteilt. Eine Woche lang ging das so. Dann endlich ein Ergebnis. Es gab einen Schuldigen: Rennleiter Norbert Haug.

Nicht Bobele, aufgrund des Ergebnisses beschloss man wieder zu vertrauten Bezeichnungen zurückzukehren, sondern der eigene Rennleiter Haug. Sein Vergehen, die mögliche Ursache allen Übels, war die von ihm zu verantwortende Gästeeinladungsliste.

Festgestellt wurde, der Tipp hierzu kam von einer Reinemachefrau, deren Kollegin bei den VIPs im Daimler-Formel-

1-Lager für Ordnung sorgt, dass Haug auch Chef der Einladungsliste für Presseveranstaltungen ist. Klar, zu einer Presseveranstaltung werden nur Pressevertreter geladen, deshalb Presseveranstaltung. Warum aber hatte der Rennleiter Bobele eingeladen?

Die Daimlers fragten sich: »Ist aus Bobele ein Journalist geworden? Aber warum bringt er dann seine neue Flamme mit? Ist das so üblich bei Journalisten? Bringen die zu Presseveranstaltungen auch immer ihre Freundinnen oder Frauen mit?«

Weitere Fragen waren: »Wo berichtet Bobele über unsere Silberpfeile? In der Bunten, in der Gala? Gar in der Bild-Zeitung?« Alle Fragen wurden verneint.

Zum einen hatte man nichts aus seiner Feder stammend lesen können, zum anderen gewann die Einsicht die Oberhand: Boris lässt schreiben. Am besten über sich.

Darüber hinaus sagte jene Reinemachefrau im Daimler-Formel-1-Zirkuslager, dass Journalisten gewöhnlich ohne ihren privaten Anhang zu Presseveranstaltungen kommen. Bobele nicht als Journalist, sondern als Stargast geladen war.

Das war es! Aus dem Schuldigen Haug wurde der wirkliche, allumfassende Schuldige. Einer, der große Last auf sich geladen hat.

Er hätte es wissen müssen! Wissen müssen, dass die Neuheit »Boris mit neuer Flamme» mit der Neuheit »Nächste Generation der Silberpfeile» konkurriert. Ihn deshalb nicht einladen dürfen. Ihn auf der Einladungsliste hätte streichen müssen. Wieso Stargast? So ein Blödsinn! Die Stars waren doch die Silberpfeile!

Hardliner unter den Daimlers meinen: »Aus Dummheit haben wir dem Boris einen Medienrummel, den wir für uns haben wollten, bezahlt. Gutes Geld für nichts ausgegeben. Da hat der Haug ganz arg gepennt.«

Gerüchte besagen, dass auch Daimler-Vorstand Hubbert über die ganze Szenerie nicht erfreut war. Zumal er selbst im Presserummel um Boris und Freundin total unterging.

Ganz arg geschimpft soll er haben. Hinter verschlossenen Türen. Becker hat von all dem nichts mitbekommen. War zu beschäftigt.

Ex-Forml-1-Weltmeister Häkkinen kann gut mit Kindern. Er macht aus ihnen McLaren-Fans, nein, Daimler-Fans.

McLaren ist blöd, Daimler ist besser

Die Einladung von den Daimlers kam per Post und unverhofft: Formel 1, Hockenheimring, VIP-Lounge. Sogleich bedankte ich mich telefonisch, sagte dabei auch, dass wir drei Personen sind. Meine Frau, unser zehnjähriger Sohn und ich. Was super war, denn die Einladung wurde erweitert. Ich konnte zum Rennspektakel meinen familiären Anhang mitbringen. Doch unversehens fiel mir etwas ein, kaum dass ich den Hörer aufgelegt hatte, das die Freude trübte.

Unser Sohn war eingefleischter Ferrari-, genauer gesagt, Michael-Schumacher-Fan.

Nichts brachte ihn davon ab, schon gar nicht: »Diese lahmen, stumpfen Silberpfeile mit den Maulhelden darin. Die reißen doch nichts. Die kannst du vergessen, total.« So einer seiner fachmännischen Kommentare.

Die Einladung war schon etwas Besonderes. Live bei diesem Spektakel dabei zu sein – Wahnsinn. Sicher würde unser Sohn auch so denken, meinten meine Frau und ich. Doch so klar und einfach war das nicht, er hatte schon, trotz seines Alters, einen ausgeprägten Sturkopf, wie seine Mutter.

Entsprechend behutsam ging ich vor. Servierte ihm die grundsätzlich freudige Nachricht häppchenweise. Während ich noch mittendrin war, hatte er schon alles erraten.

»Ich gehe aber nur mit, wenn ich meine Ferrari-Mütze, meine Ferrari-Jacke und mein Ferrari-Polohemd dort tragen kann«, meinte er süß.

Ich schluckte und antwortete ebenfalls süß: »Das kannst du, kein Thema! Während der Hin- und der Rückfahrt. Bei Daimlers stecken wir alles in eine große Tasche. Dort trägst du dann neutrale Sachen.« Irgendwo hatte ich eine Tasche mit Stern-Zeichen, die konnte ich mitnehmen, die war groß genug, war auch passend.

»Nein, gerade bei Daimlers will ich meine Ferrari-Klamotten tragen. Überhaupt, ich werde nur für Michael Schumacher klatschen. Alles klar?«

»Dann blamierst du mich, äh, uns. Deine Mutter auch«, entgegnete ich erschreckt über so viel brutale Sturheit, über so wenig Einfühlungsvermögen. In seinem Alter müsste er schon wissen, was sich Gastgebern gegenüber gehörte. Ich wusste, dass er es wusste. Meine Erziehung.

»Dann komme ich nicht mit. Ihr könnt allein gehen.«

Einschmeichelnd sagte ich: »Wir sollten viel mehr gemeinsam machen, gemeinsam unternehmen. Diese Einladung ist eine gute Gelegenheit, damit anzufangen. Meinst du nicht auch? Wir werden auf dem Hockenheimring viel Spaß haben.«

»Wenn Michael Schumacher gewinnt, ja.«

»Ich meinte das anders. Du hast mich schon verstanden.«

»Hm.«

Bis zum Rennen waren es noch fünf Tage. Vier brauchte ich, um mit ihm über die Kleiderfrage und über sein Klatschen für die richtige Partei zu sprechen. Es waren schwierige Verhandlungen.

Meine Energie hierfür bezog ich aus der Vorstellung: Wir stehen zu Dritt, er im vollen Ferrari-Dress, zwischen einer Menschenmasse von Daimlers, alle im schwarzen McLaren-Look. Unser Sohn, ein roter Farbtupfer, unübersehbar, richtig auffallend. Vor allem, als der große Schumacher einen Silberpfeil überholt. Die Menschenmasse um uns herum gibt ein enttäuschtes »Ach» von sich gibt. Er aber brüllt vor überschäumender Freude los, hüpft auf und ab, klatscht wie ein Verrückter.

Ich fragte mich, inwieweit die Daimlers in der VIP-Lounge militant bis gewalttätig werden konnten. Gegen ein ach so kleines, unschuldiges Kind? Und gegen seine Eltern?

Es half nichts, er bewegte sich keinen Millimeter. Wir mussten es auf einen Versuch ankommen lassen.

Meine Frau musste ähnliche Gedanken gehabt haben. Am Tag vor der Abfahrt erkundigte sie sich telefonisch bei der Leitung des Hockenheimrings, ob die während der Rennveranstaltung vorhandenen Ärzte zur Not auch uns versorgen könnten. Als dies aus unverständlichen Gründen verneint wurde, ließ sie sich den Weg zum nächstgelegenen Krankenhaus beschreiben.

Bei Daimlers in der VIP-Lounge fielen wir, das heißt, unser Sohn in seiner Ferrari-Kluft, schon auf. Oder war es, weil er das einzige Kind in der Lounge war? Netterweise sagte niemand etwas. Man zeigte sich tolerant.

Plötzlich lief alles anders.

Häkkinen kam zur Tür herein, erspähte unseren Nachwuchs und ging zu ihm. Freundlich kam er auf seine Kleiderordnung zu sprechen und zeigte Verständnis. Dann sprachen sie über Teams, Fahrer und Plätze, unser Sohn konnte gut mithalten, meine Schule. Doch anscheinend hatte er mir nicht immer und vollständig zugehört, denn einiges, was der Ex-Weltmeister ihm sagte, verstand er nicht. Häkkinen zeichnete es ihm auf.

Zuerst verschwand die Ferrari-Mütze. Wurde durch eine McLaren-Bedeckung ersetzt. Die Ferrari-Jacke zog er mit der Begründung aus: »Es ist so heiß hier.«

Als Häkkinen ging, war unser Sohn ein zweifacher Fan: Ferrari und McLaren. Gleich hoch auf einem Podest.

Ich erzählte diese Geschichte den Daimlers in Stuttgart, die uns die Einladung zusandten. Sie meinten: »Das wäre geschafft. Jetzt müssen wir nur noch McLaren in Daimler ändern.«

In Nordschweden sehen Journalisten Rentiere, Elche, Stern-Vorstände und neue, geheime Mercedes-Modelle. Vorausgesetzt, sie speisen in Büschen oder auf Bäumen.

Erlkönige: Die ärgerlichen Treffs in Nordschweden

Die Vorstände bei Daimlers reisen auch gern, mehr mit dem Flugzeug, weniger mit dem Auto – möglichst getrennt. So ein Flugzeug könnte abstürzen: Wer macht dann die Vorstandsarbeit?

Ein beliebtes Reiseziel liegt in Nordschweden, ein zugefrorener See. Auf ihm absolvieren sie keine wintersportlichen Tätigkeiten. Ihre liebste Beschäftigung dort: Neue Mercedes-Modelle angucken.

Wenn die Vorstände zu jenem eisbedeckten See reisen, dann gleicht das einer geheimen Kommandosache: Niemand darf davon wissen. Nicht wegen etwaigen Anschlägen, sondern wegen der Mercedes-Modelle, die sind nicht nur neu, sondern auch geheim. So geheim, dass die autofahrende Öffentlichkeit unter keinen Umständen von ihrer Existenz erfahren darf. Sie könnte auf die Idee kommen, den Kauf eines laufenden Mercedes-Modells hinauszuzögern – auf dem bleiben Daimlers dann sitzen –, warten bis das neue, das Nachfolgemodell in die Autohäuser kommt.

Gute Journalisten, Motorjournalisten, bezeichnen sich aus zwei Gründen als gut: Sie wissen, wo der See in Nordschweden liegt, wann er zugeforen, ein Eissee ist, und sie wissen, wann die Vorstände dort neue Modelle angucken. Ersteres erfahren sie von nebenverdienstausgerichteten Schweden, letzteres von genausoausgerichteten Daimlers.

Gute Journalisten sind meist auch etwas unhöflich. Sie halten nichts von Einladungen, sie laden sich selbst ein. Beispielsweise zu den nordschwedischen Vorständetreffen: Wollen auch gucken.

Hinweise wie »Alles geheim» stören sie nicht. Im Gegenteil: Gucken noch intensiver.

Dann berichten sie. In vielleicht so halbwichtigen Blättern wie Auto Bild, Autozeitung, Auto Motor und Sport, Fokus, Stern und so weiter. Nicht in der ARD-Tagesschau. Warum nicht weiß niemand. Dennoch: Nach den Berichten ist alles bekannt. Was geheim war ist nicht mehr geheim.

Logisch, hierüber ärgern sich die Stern-Vorstände. Entsprechend reagieren sie.

Den unversehens auftauchenden Journalisten wird der Willkommensgruß verweigert. Ihnen wird auch keine Bewirtung angeboten: Müssen ihre Speisen und Getränke selbst mitbringen. Diese dürfen sie nicht am Tisch zu sich nehmen, sondern nur in Büschen, auf Bäumen, in Erdlöchern oder hinter Schneehügeln. Doch für gute Journalisten kein Problem, sind hart im Nehmen und Einstecken.

Gerade diese Qualitäten brachten einige Daimlers, sie wollten Gutes für ihre Vorstände tun, auf die Idee, jenen Journalisten all die Kosten zu ersetzen, die sie aufgrund ihrer Reise hatten. Dazu ein finanzielles Plus für die vielen Mühen. Dies alles mit dem Ziel, dass die Betreffenden nicht mehr über Gesehenes berichten, überhaupt nicht mehr nach Nordschweden reisen und auch keine Mühen mehr auf sich nehmen sollten.

Der Erfolg war bescheiden. Die Journalisten berichteten vereinbarungsgemäß nicht. Erzählten aber alles ihren Kollegen, die dann berichteten.

Nun suchte man bei Daimlers eine neue Möglichkeit zur Abschottung der Erlkönige. Jemand, in der Freizeit aktiver Falschfährtenleger bei den Pfadfindern, schlug zweierlei vor. Nur solche Modelle vordergründig auf dem Eissee zu präsentieren und als geheim zu bezeichnen, die überhaupt nicht geheim sind, weil schon lange auf dem Markt. Die Journalisten, geil auf Geheimnislüfterei, würden das nicht merken. Allein der Begriff »Geheim» mache sie blind. »Gleichzeitig hätten wir eine supergute Presse«, sagte jener Pfadfinderengagierte.

»Und wenn sie es eines Tages doch merken?«, fragte jemand, dem die Pfadfindertechniken völlig fremd waren.

»Auch gut, dann kommen sie nicht mehr nach Nordschweden.«

Der zweite Vorschlag: Man lasse die Journalisten Modelle sehen, die keine Modelle sind – nur Attrappen, Fantasiegebilde, Studien.

Der nicht bei den Pfadfindern Engagierte meinte: »Durch Presseberichte über falsche Modelle könnte die Öffentlichkeit irritiert werden. Ich möchte sogar sagen orientierungslos. Sie weiß nicht mehr, was sie glauben soll. Irgendwann, wenn wir es für gut befinden, soll die Presse ja doch berichten. In unserem Sinn. Über tatsächliche, neue Modelle. Und dann?«

»Hm.« Über die Thematik, aus einer falschen Fährte eine richtige zu machen, darüber hatte man bei den Pfadfindern noch nicht gesprochen.

Man einigte sich auf Vorschlag eins. Doch dieser kam unversehens nicht zum Tragen.

Die Vorstände weigerten sich nach Nordschweden zu reisen, um dort bekannte Mercedes-Modelle anzugucken. Wenn schon, denn schon sollten es neue Fahrzeugentwicklungen sein. Überhaupt, die eng beschriebenen Terminkalender ließen solche Extrareisen nicht zu. Man möge sich doch bitteschön eine andere, vor allem realitätsnahe Lösung ausdenken, mit der das Journalistenvolk auf Distanz gehalten werden kann.

Bei Daimlers wird heute noch gedacht.

Zur Freude der guten Journalisten. Zum Ärgernis der Vorstände.

Auch bei Daimlers muss jemand für alles herhalten. Für falsche Flugtickets, für nicht standesgemäße Hotelzimmer und für gebrochene Herzen.

Die Reiseabteilung hat bei Daimlers immer Schuld

Nicht nur Vorstände, eigentlich alle Daimlers reisen gern. Was sich gut trifft, denn sie müssen auch reisen – in die USA, zum Beispiel nach Detroit, zu dem nicht so geliebten »C» von »DC«: Chrysler.

Die konzerneigene Reiseabteilung hat alle Hände voll zu tun: Pass einsammeln, Visa beantragen, Bearbeitungsgebühr bezahlen, Pass mit Visa an den US-Reisepflichtigen aushändigen, sofern beides vor dessen Abreise vorliegt.

Reist er ab ohne diese Unterlagen, vielleicht auch weil er sie vergessen hat mitzunehmen, hat jemand ein Problem: Der Schuldige.

Auch bei Daimlers ist es üblich, eine Schuld immer bei jemand anderem zu suchen. In diesem Fall: Schuld hat die Reiseabteilung. Bestehend aus weiblichen Daimlers, die dann in Deckung gehen.

Die Schuldliste dieser Abteilung ist kilometerlang, wenn alle Vorfälle bei allen Reisen von Daimlers, also nicht nur solche in die USA, berücksichtigt werden.

Einige Beispiele: Jemand wollte mit einem Flugticket, ausgestellt von Frankfurt nach Johannesburg, von Frankfurt nach Sydney reisen, was auf ein Durcheinander in seinem Terminkalender zurückzuführen war. Einerlei, große Schuld an der Ticketfalschausstellung: Die Reiseabteilung. Gleiche Schuldsituation bei einem Anschlussflug von Bangkok nach Taiwan. Dieser war ausgebucht, nur Warteliste, der Betreffende hatte selbst gebucht. Die wütende Stimme am Telefon: »Warum haben Sie das nicht gewusst?«

Eine andere wütende Stimme meldete sich aus Frankfurt, der Inhaber jener Stimme war hauchdünn unterm Vorstand angesiedelt. Fühlte sich aber schon wie ein Vorstand. Wütend bellte er ins Telefon: »Besorgen Sie mir sofort ein anderes Hotel!«

Eine etwas jüngere Mitarbeiterin der Reiseabteilung am Telefon: »Das wird schwierig, in Frankfurt ist die IAA.«

Aus dem Bellen wird ein Brüllen: »Das weiß ich, deshalb bin ich hier! Welches Hotel können Sie mir anbieten?«

»Warum wollen Sie das Hotel wechseln?«

»Das ist eine Kaschemme! Die haben in ihren Zimmerschränken Drahtkleiderbügel. So ein Buchungsfehler passiert Ihnen nicht noch einmal! Dafür sorge ich!«

Die Daimlerin zog das Genick ein, schluckte eine Beruhigungspille, telefonierte und telefonierte, wurde nach fünf Stunden tatsächlich in Frankfurt-Niederrad fündig. Das rettete ihr Leben. Nach der Messe ließ sich jenes Kurz-davor-Vorstandsmitglied in der Reiseabteilung, auch zur Freude der gesamten Abteilung, nicht blicken. Wahrscheinlich waren im Kleiderschrank des neuen Hotels hölzerne Kleiderbügel – eben standesgemäß.

Schwere, reiseabteilungsweite Schuld auch hinsichtlich einer Konferenz in London. Ein Teil der Teilnehmer wartete in Stockholm, ein anderer Teil in Kopenhagen, nur ein kleiner Teil in London. Allein die Konferenz war einen Tag zuvor abgesagt worden.

Die vorwurfsvolle Frage an die Reiseabteilung: »Warum haben Sie uns überhaupt die Tickets besorgt?«

Eine couragierte, gestandene Daimlerin, bekannt dafür, dass sie nicht immer in Deckung geht – »Man hat ja auch ein Selbstwertgefühl!» – antwortete: »Weil Sie uns um diese Tickets gebeten haben.«

»Ja, schon, Sie wussten aber doch, dass wir uns alle zu einem Meeting in London treffen wollten. Da hätten Sie doch den Irrtum der Kollegen, die nach Stockholm und Kopenhagen Flugtickets verlangten, bemerken müssen, oder nicht?«

»Nein, wieso denn? Die Konferenz wurde doch abgesagt.«

»Richtig, doch als die Kollegen die Tickets bestellten, sollte die Konferenz in London stattfinden.«

»Aber die Konferenz fand nicht statt.«

»Aber sie hätte stattfinden können.«

»Ach ich weiß, dass ihre Konferenz nicht stattgefunden hat, daran haben wir, ich und meine Kolleginnen, jetzt Schuld, richtig?«

»Nein, Sie haben nur die Tickets falsch ausgestellt.«

»Zu einer Konferenz, die gestrichen wurde. Warum sind Sie und Ihre Kollegen überhaupt geflogen?«

»Das ist eine andere Sache. Die hat mit den falschen Tickets nichts zu tun.«

»Das sehe ich anders.«

»Wieso?«

»Weil ich blond bin.«

»Ach so, ja dann, ich verstehe.«

Das »C» von »DC» bringt der Reiseabteilung inzwischen auch ganz andere Probleme: Nicht nur Daimlers reisen, Chryslers reisen ebenso – aus den USA nach Deutschland. Das ist das Problem nicht, es beginnt, wenn jene wieder zurück in die Staaten wollen. Wenn jene mit Begleitung zurück wollen, mit einer frisch kennen gelernten, deutschen Herzensdame. Oft eine Daimlerin.

Tatsächlich räumen die Chryslers in der schwäbischen Damenwelt in den Werken sowie in und um Stuttgart und Sindelfingen ganz schön auf. Baggern an, schleppen ab, was möglich oder unmöglich ist.

Die Reiseabteilung hilft in Sachen Liebe mit. Besorgt auch hier Visa und gibt Ratschläge: Das US-Visum gilt für drei Monate, danach Rückreise der deutschen Liebe. Soll die Liebe länger dauern: Heirat und Antrag der amerikanischen Liebe – des männlichen Chryslers – auf Familienzusammenführung.

Aus bisher nicht feststellbaren Gründen geht viel deutsch-amerikanisch Zwischenmenschliches nicht über drei Monate hinaus. Auch amerikanische Männer haben vermutlich vor dem Wort »Heirat» Angst. Gebrochene Herzen kommen nach Deutschland zurück.

In der Reiseabteilung wird derzeit überlegt, welchen Service man in solchen Fällen anbieten könnte.

Im Film »Jurassic Park Verlorene Welt» wird eine M-Klasse zum Entsetzen vieler Daimlers den Hang hinunter geschmissen: Totalschaden. Noch heute hören sie das Lachen aus München: BMW.

BMW lacht: Ein Saurier macht die M-Klasse platt

James Bond gegen Rex Scharfzahn. Sie jagen, werden gejagt, während der eine zwischendurch einen Martini trinkt, geschüttelt, nicht gerührt, verspeist der andere eine Ziege – fast komplett, nur ein Fuß bleibt übrig, landet auf Autodach, die Autoinsassen könnten daran nagen. »Golden Eye» gegen »Jurassic Park Verlorene Welt«.

Man könnte auch sagen: BMW gegen Mercedes. James lenkt den sportlich-eleganten Z-Roadster, Rex spielt mit der geländegängigen M-Klasse.

Doch halt, nein, um Himmels Willen: Was macht Rex? Der macht unsere schöne M-Klasse kaputt? Wirft sie um, verbeult sie? Nicht genug, er lässt sie auch in einen Abgrund krachen? Dabei kommen beinah Menschen zu Schaden? In und mit einem Mercedes? Darunter ein kleiner Junge? Das darf doch alles nicht wahr sein!

Viele Daimlers sind noch heute entsetzt.

Auch weil James auf seinen BMW-Z-Roadster aufpasst. Der bleibt heil.

»Welcher Idiot ist dafür verantwortlich? Welcher Dummdackel hat sein Einverständnis für diese weltweite Zerstörung unserer schönen M-Klasse gegeben?« Die noch heute beherrschenden Fragen in den Werken Stuttgart und Sindelfingen. Sicherlich auch deshalb: Es gibt keine Antworten.

Und vielleicht auch deshalb: Aus München, BMW, hört man noch heute das Lachen.

Daimlers im Vorstand versuchten die Sache herunterzuspielen. »Hätte Rex mit dem Z-Roadster gespielt, wäre für die beteiligten Menschen, für die Insassen, alles viel schlimmer ausgegangen.« Kein wirklicher Trost für eingefleischte Daimlers.

Auch dieser Ablenkungsversuch aus der Vorstandsetage nicht: »Rex hätte mit dem Z-Roadster überhaupt nicht spielen können. Hätte das Fahrzeug übersehen. Wäre einfach draufgetreten. Ende! So aber war die M-Klasse viele lange Minuten für ein Millionenpublikum zu sehen.«

Für viele Daimlers in den Werken zwei Top-Beispiele des konzernintern gepflegten schwarzen Humors. Für manche Daimlers ein Rückschritt in jene Zeit: »Wenn wir auch negativ irgendwo zu sehen sind, Hauptsache wir sind zu sehen.«

Letztgenannte versuchten zu retten, was nicht mehr zu retten war. Sie machten sich für ein M-Klasse-Sondermodell »Rex» stark. Mit der begleitenden Werbung: »Ein Film ist ein Film, die Realität sieht anders aus, die M-Klasse: Sicherheit auf der Straße und im Gelände, auch wenn Ihnen ein Saurier begegnet.«

Die Aktion wurde von psychologieorientierten, unfallerforschenden, BMW-beobachtenden Daimlers mit Hobby »Alte Knochen ausgraben» gestoppt. Sie führten gleich mehrere Argumente ins Feld.

Negative, angstmachende Erinnerungen oder Gefühle würden so untermauert werden. Tatsächlich gäbe es keine Dinos mehr, und wenn doch einmal einer aufkreuzen sollte, könnte man die propagierte Sicherheit nicht unbedingt garantieren. Und überhaupt, obwohl James auf seinen Z-Roadster erfolgreich aufgepasst hat, gäbe es kein Sondermodell »BMW 007«.

Der Vorstand schloss sich diesen Argumenten an. Zumal ein Sondermodell auch immer etwas mit »Sonder» oder »Besonderes» zu tun habe. Im Bemühen, die Rex-Scharfzahn-Sache herunterzuspielen, sei »Sonder» nicht angebracht.

Einige Daimlers in den Werken, die unbedingt eine Antwort wollten – »Welcher Idiot ist dafür verantwortlich? Welcher Dummdackel hat sein Einverständnis für diese weltweite Zerstörung unserer schönen M-Klasse gegeben?« – wurden selbst aktiv. Stellten eigene Nachforschungen an.

Und sie wurden fündig.

In den USA, dort im eigenen Daimler-Werk, dort wo die M-Klasse von den Bändern rollt.

In jenem Werk ist jemand beschäftigt, der sich ausschließlich mit Kultursponsoring befassen sollte. Doch von Kultur hat jener keine Ahnung. Sagt immer »Kaltscher» und sieht in Clinton eine Kultfigur für einen anderen Sex.

Dieser jemand meint, dass Hollywood eine Kulturlandschaft ist, mit vielen beachtenswerten Tempeln – Filmstudios –, die man finanziell – Dollars – und sächlich – M-Klasse – unterstützen müsse, um im Gespräch zu bleiben. Kulturell wertvoll sei nicht nur Schönes, sondern auch Zerstörerisches oder zerstört Werdendes. Somit sei die Filmszene »Rex trifft M-Klasse» geradezu ideal bis genial. Abstraktes, Fantastisches trifft Reales. Die Quadratur des Kreises. Der Rausch der Räusche. Der ultimative Gig.

Diese Szene sei nun auch total besetzt. Niemand anderes, besonders kein Fahrzeughersteller, könnte sie für sich nutzen. Alles was danach käme, sei nur billiger Abklatsch.

Sie, die Szene, hätte alles, was supergeil in die Zeit passe: Ein Saurier – Kinder lieben Saurier. Kinder – Erwachsene, besonders ältere, lieben Kinder. Natur – immer mehr Leute schätzen die Natürlichkeit der Natur. Geländetaugliches Straßenauto – immer mehr Leute stehen auf solche Autos. Horror – hält die Erinnerung wach.

Daimlers aus Sindelfingen fragten: »Aber warum wird die M-Klasse zerstört?«

Die Antwort des sponsortätigen Kulturbeauftragten: »Sie wird nicht wirklich zerstört.«

»Im Film wird sie wirklich und unzweifelhaft zerstört.«

»Nein, sie wird nur fiktiv zerstört. Der Saurier ist fiktiv, also nicht wirklich, somit wird auch die M-Klasse nicht wirklich, sondern nur fiktiv zerstört worden.«

Die Daimlers setzten das Gespräch nicht fort. Auch weil ihnen bekannt wurde, dass jener amerikanische Kollege Alkoholiker ist. Täglich trinkt er viele, viele Martinis – geschüttelt, nicht gerührt.

Was könnten imagekonforme Höhen und Tiefen im Leben eines Mercedes-Modells sein? Ist der Sex mit der Ehefrau im Mercedes ein Hoch?

Geplanter Filmhit: Das Leben eines Mercedes

Jene couragierten Daimlers, die sich mit dem konzerneigenen, martinivernichtenden Kultursponsorbeauftragen in den USA unterhielten, gaben nicht auf. Sie entwarfen ein Konzept für einen Kinofilm, in dem zum einen ein Mercedes-Modell, musste nicht die M-Klasse sein, die Hauptrolle spielte. Zum anderen: Dieses Modell nicht zerstört wird. Auch nicht verbeult oder sonst wie beschädigt.

Ein Vorbild für sie war »Herbie«, jener Käfer von VW, Hauptakteur gleich in mehreren Filmen. Aber eingeschränkt, denn Herbie musste so manchen Kratzer einstecken.

Ein anderes Vorbild bezog sich auf einen Streifen, der sich um einen rosafarbenen Cadillac drehte. Aber auch nur eingeschränkt, denn Rosa wurde als die Hausfarbe der Schwulen gesehen. Man hat nichts gegen Schwule, nein, die fahren auch Auto.

Ein erstes Konzept, kein Drehbuch, nur eine einigermaßen geordnete Ideenskizze, sah die filmische Begleitung eines Mercedes-Lebens vor. Mit Höhen und Tiefen. Wobei sich bei den Tiefen die Geister erhitzten. Später auch bei den Höhen.

Ein Beispiel: Konnte ein Mercedes das Fluchtfahrzeug von Bankräubern sein? Wenn ja, wäre es da nicht besser, der Mercedes hätte plötzlich doch eine Panne, so dass die Räuber von der Polizei geschnappt werden konnten?

Weitere Beispiele: Durfte ein Mörder, einerlei ob unerkannt oder erkannt und wieder auf freiem Fuß, ein Stern-Auto fahren? Oder ein Zuhälter? Konnte in der näheren Umgebung eines Mercedes überhaupt ein Verbrechen passieren? Durfte jemand, dem die Polizei zuvor den Führerschein abgenommen hatte, fahrenderweise hinterm Steuer eines Mercedes sitzen?

Ebenso unterschiedliche Gedanken bei Daimlers hinsichtlich der Definitionen: Was sind Höhen, was sind Tiefen?

Einige meinten, dass der Führerscheinlose durchaus fahren könnte, wenn er beispielsweise seine Tochter, die unbedingt ein Kind erwartet, ins Krankenhaus brachte. Manche Daimlers sahen Sex im Mercedes als ein Tief an. Andere nicht, vorausgesetzt, die Akteure sind verheiratet – miteinander, nur kein Ehebruch.

Einigkeit herrschte beim Autoklau: Ein Hoch. Begründung: Wenn dem Eigentümer das Stern-Fahrzeug geklaut wird, dann zeuge dies beispielhaft von der besonderen, positiven Begehrlichkeit bezogen auf alle Stern-Modelle.

Doch wie ging es weiter? Durfte der Dieb das Auto behalten, mit ihm eigene Abenteuer erleben? Oder musste die Polizei es ihm wieder abjagen? Man entschied sich für letzteres – ein Dieb ist doch ein schlechter Mensch, der ideale Mercedes-Fahrer aber ist ein guter Mensch. Und man entschied sich gleich für zwei Klauszenen im Film.

Beträchtliche Unstimmigkeiten herrschten bei den Fahrstrecken, Fahrzielen und Parksituationen. Vorweg: Übereinstimmung bestand bei der Frage: Konnte ein Mercedes, beispielsweise in Afrika unterwegs, durch Slums fahren, vorbei an hungernden Kindern? Die allgemeine Antwort lautete: »Nein, darf er nicht.«

Gestritten wurde darüber: Konnte ein Stern-Fahrer mit seinem Auto auf einem Campingplatz den Urlaub verbringen? Oder in einem Weniger-als-Fünf-Sterne-Hotel? Konnte ein Stern-Fahrer zu einer Demonstration fahren, an der er dann auch gleich teilnimmt? Konnte ein Stern-Fahrer in ein Überschwemmungs- oder Erdbebengebiet fahren, um sich dort in aller Ruhe die Schäden anzuschauen? Konnte ein Mercedes neben einem BMW geparkt werden?

Lösungen oder Antworten wurden keine gefunden, deshalb entschloss man sich, derartige Szenen ganz zu streichen.

Positive und sofortige Einigkeit bei Umlackierungen: Ein Hoch. Das Auto sollte während seines Lebens drei Umlackierungen, nicht Neulackierungen, erhalten. Der Autolack war noch gut, eigentlich wie neu, natürlich, doch weil der Fahrzeugeigentümer sich einen gelben Anzug gekauft hatte, sollte auch das Auto gelb sein – Ton in Ton. Später kaufte er sich einen grünen, dann einen roten Anzug.

Der automobile Farbwechsel aufgrund der neuen Anzüge wurde als besonders lustig bis glaubwürdig sowie imagekonform eingestuft. Ein Mercedes-Farbwechsel aufgrund polizeilicher Ermittlungen gegen den Mercedes-Fahrer, um diese zu erschweren, wäre nicht imagekonform.

Auch das filmische Ende des Autolebens sorgte für ordentlich Zündstoff: Ein Tief.

Konnte ein Mercedes an Altersschwäche sterben? Gar in der Schrottpresse landen? Wäre es da nicht besser, ihn stilvoll über Klippen rollen zu lassen? Oder ihn zusammen mit etwas Gigantischem, analog World Trade Center, explodieren zu lassen? Das Gebäude könnten böse Terroristen zusammen mit dem zufällig davor geparkten, armen, unschuldigen Mercedes in die Luft jagen.

Ein zweites Konzept bezog sich auf die Kosten und Vorgehensweise bei der Auswahl der Gesellschaft, die den Film erstellen sollte. Laut Konzept übernahm der Daimler-Konzern die Kosten, was die Suche nach der richtigen Filmgesellschaft wesentlich erleichterte.

Die Wahl fiel auf die ostfriesische Produktionsgesellschaft »Elefanten«, die auch den Film »Otto, bin ich blöd oder nicht?« drehte. Obwohl das zweite Konzept abgearbeitet ist, die Voraussetzungen für die filmische Produktion geschaffen sind, konnte bisher nicht begonnen werden.

Die Verantwortlichen des ersten Konzepts streiten noch über die Höhen und Tiefen in einem vorbildlichen Mercedes-Leben.

Begehrte Foto- und Filmobjekte sind Oldtimer, sie können bei Daimlers in Fellbach ausgeliehen werden. Allein über die Qualität der Fotos und Filme wird manchmal gestritten.

Sexy Frauen in schönen Oldtimern mit Stern

Bei Daimlers gibt es auch jede Menge Oldtimer, Vorstandsmitglieder sind nicht gemeint: Alte Automobile zum Anschauen, im Stuttgarter Museum. Oder zum Ausleihen, bei der Fellbacher Oldtimer-Werkstatt. In Stuttgart wie Fellbach: Die Exponate sind nicht käuflich. Etwas, das manchmal schwer durchzuhalten ist.

Beispiel Ion Tiriac, rumänischer Tennismogul. Einmal verirrte er sich ins konzerneigene Automuseum – Stuttgart-Untertürkheim –, dachte, er sieht die neuesten Show Cars, besonders exquisit, weil auf old getrimmt, und bestellte an der Kasse – Museumskasse – gleich elf Modelle. Wollte mit Scheck zahlen, wunderte sich aber, dass alles nicht einmal sieben Euro kosten sollte. Glaubte an einen schlechten Witz und wurde hartnäckig.

Das Fräulein an der Kasse wunderte sich, dass er einen Preisnachlass von zwanzig Prozent forderte und bereit war, ihr eine Million Euros als Abschlag zu bezahlen: Für den Museumsführer, in dem die fraglichen sowie alle Exponate des Museums abgebildet sind. Sie rief ihren Chef, der Tiriac zu Hubbert brachte, der ihm alles erklärte. Allein der Rumäne glaubte ihm nicht. Der Tennismogul zu Hubbert: »Mensch solche Autos müsst ihr heute bauen. Jetzt, wo der Trend in Richtung Nostalgie geht.«

Das Vorstandsmitglied Hubbert: »Wir gehen auch auf diesen Trend ein, zum Beispiel bei der Fahrzeuginnenausgestaltung. Das Wurzelholz kommt bei unseren Kunden sehr gut an. Auch die analogen Zeigerinstrumente.« Tiriac: »Ja schon, doch die Fahrzeuge insgesamt sehen nicht alt genug aus.«

Die modernsten Mercedes-Modelle, Lichtjahre von dem Wort »alt» entfernt – Hubbert erlitt einen mittelschweren Hustenanfall.

Missverständnisse gibt es auch ab und zu bei der Oldtimer-Ausleihung in Fellbach. Die Exponate werden vor allem an Fotografen bis Filmschaffende zeitweise abgegeben. Also an Leute, welche die Optik der Fahrzeuge einem größeren Publikum ebenfalls optisch näher bringen können. Was gut klingt, aber auch tückisch sein kann.

Einmal wurde einem Fotografen für eine Fotosession – tagelanges Fotografieren eines Themas, Thema hieß: »Schöne Frauen, Schöne Autos» – ein besonders schöner Oldtimer zur Verfügung gestellt. Die Frauen waren auch besonders schön, aber auch nackt – sehr nackt. Sie waren »sehr unmöglich und höchst imageschädigend«, wie man hinterher in Fellbach feststellte.

Gleiche Situation in einem besonders großen Stern-Oldtimer, ausgeliehen an einen Filmproduzenten. Titel des Films: »Berge und Täler«, was auf eine gewisse Naturhaftigkeit schließen ließ.

Im Film und somit im Oldtimer waren die schönen Frauen erst im Dirndl, dann ohne – kaum waren sie ohne, waren sie nicht mehr allein. Burschen, erst in, dann ohne Lederhosen, kamen aus Büschen dahergerannt, schwangen sich schwungvoll-steif in den Stern-Oldi und tauschten mit den Damen gedankliche und andere Ergüsse aus.

Kommen die automobilen Prachtstücke wieder nach Fellbach zurück, passiert zweierlei. Erstens: Bei Nichtgefallen der optischen und sonstigen Oldi-Verwendung durch Entleiher wird ein Schuldiger – »Wer ist für diese Scheiße verantwortlich?« – gesucht. Diesen natürlich nicht in Fellbach, eher in Stuttgart, in der Konzernzentrale: Reiseabteilung. Doch die winkt jedes Mal ab, sei mit übernommenen Fremdschulden schon jenseits der Belastungsgrenze.

Dann der deutsche Kultursponsorbeauftragte. Bringt aber auch nichts, hat sich seinem amerikanischen Kollegen angeschlossen: Trinkt nur noch Martinis, gerührt, nicht geschüttelt. Verbunden mit dem Hinweis, dass so etwas bei Rex Scharfzahn nicht passiert wäre – lieber Blut, Tote, Stern-Auto kaputt als Sex oder Pornografie im Stern-Auto. Vielleicht aus seiner Sicht verständlich, bei so vielen Martinis rührt sich nichts mehr.

Auch weitere Suchbemühungen führen immer öfters ins Leere. Vorbei waren die Zeiten, in denen man zum Beispiel eine konzerneigene Reinemachefrau als Schuldige entlarven konnte. Sie war gleich zwei Mal in einem Stern-Oldi zu sehen: Einmal im Playboy, ein anderes Mal in einem Beate-Uhse-Film. Ihre Schuld: Sie hätte als Häschen – Playboy – und als Sekretärin – Beate-Uhse-Film: »Auch im Büro wird gejodelt!» – den imageschädigenden Fahrzeugmissbrauch erkennen können und diesen sogleich in Fellbach melden müssen. Ihre Aussage hinsichtlich des Films: »Ich wusste nicht, dass im Büro einer Oldtimer-Werkstatt sowie in der Werkstatt selbst gedreht werden sollte» wurde als ein Versuch gewertet, der Fellbacher Einrichtung einen frivolen Anstrich zu geben. Allein dieser ungeheuerliche Versuch reichte für eine Entlassung.

Inzwischen kam man auf die Idee, etwaige Oldtimerfalschnutzungen gegenüber Kritikern – unter ihnen viele Daimlers aufgrund konservativer Grundhaltung, kaum Außenstehende, weil liberaler – als Kunstveranstaltungen zu verkaufen. Künstlerisch wertvoll seien beispielsweise die Kameraeinstellungen sowie die Kameraführungen. Die nackten bis nacktaktiven Frauen sollte man einfach übersehen.

Überhaupt, im New Yorker Museum of Modern Art könnte man des öfteren Fotoausstellungen zu »Frauen und Technik» bewundern. Mit künstlerisch bedeutungsvollen Einstellungen, welche zur Emanzipation der Frau wesentlich beitragen. Besonders die Aufnahmen, in denen technische Lösungen den Mann mit all seinen Einrichtungen ersetzen. Das sei doch beste Aufklärung oder Kunst, nie und nimmer Pornografie!

Noch steht nicht fest, ob diese Argumente die Suche nach einem Schuldigen ersetzen können.

Die zweite Handlung, die nach Rückgabe eines entliehenen Oldtimers erfolgt, ist die Fahrzeugreinigung und -instandsetzung. Ihr Ausmaß ergibt sich aus dem Fahrzeugeinsatz. Oft beinhalten die Arbeiten aufwendige Fleckenentfernungen auf Sitzen, Geraderücken des Lenkrads, des Gangschaltknüppels und des Blinkerhebels, die mit Füßen verbogenen wurden.

Manches, was Journalisten veröffentlichen, ist nicht ganz richtig. Das muss diesen natürlich gesagt werden – während eines feinen Essens.

Journalist berichtet falsch: Die Aussprache beim Feinschmecker

Eine Zeit lang pflegte die Presseabteilung Pkw eine schöne Tradition: Sie lud Journalisten, die vermeintlich etwas Falsches in Printmedien, Hörfunk oder Fernsehen über Belange oder Interessen von Daimlers berichtet hatten, zum Essen ein. Immer in Top-Restaurants, man ist schließlich wer.

Am Tisch saß neben dem Journalisten gewöhnlich kein Anwalt oder sonst ein Fürsprecher. Er war allein. Immer vertrauend auf Aussagen von Daimlers wie: »In der gemütlichen, neutralen Atmosphäre eines schönen Restaurants, verbunden mit einem schönen Essen, wollen wir uns mit Ihnen, ganz frei von Zwängen und Vorwürfen, über Ihren Artikel unterhalten. Wollen wir einiges richtig stellen, was für Ihre weitere journalistische Arbeit wichtig ist.«

Daimlers kamen zu solchen Unterhaltungen nie allein. Mindestens drei erschienen: Einer aus der Presseabteilung, zwei aus irgendwelchen Fachbereichen, die mit dem Thema der Veröffentlichung korrespondierten.

Bezog sich die veröffentlichte Falschinformation auf Fahrwerke, saßen Fachleute aus der Fahrwerksabteilung am Tisch. Bei Motoren: Motorentwickler, bei Fahrzeugsicherheit: Sicherheitsexperten, bei Werkstoffen: Materialprüfer, bei Qualitätssicherung: Kontrolleure, bei Elektronik: Programmierer oder Informatiker, bei Verkauf und Preisnachlässen: Marketingtätige.

Ihnen allen war gemein: Sie wussten immer, warum die Aussagen in den Artikeln, so wie veröffentlicht, nicht richtig sein konnten.

Ein Beispiel: In einem Artikel stand, dass Käufer von Stern-Lastwagen erhebliche Preisnachlässe auf Stern-Automodelle eingeräumt erhielten.

Der Marketingtätige: »Das stimmt nicht! Wir gewähren nie und nimmer und auf keines unserer Automodelle erhebliche Preisnachlässe.«

Der Journalist: »Mir liegen Kopien von drei Kaufverträgen vor, in denen fünfzehn Prozent Preisnachlass dokumentiert sind.«

Der Marketingtätige: »Jetzt müssen wir uns über die Formulierung »erhebliche Preisnachlässe» unterhalten. Fünfzehn Prozent sind nicht unbedingt erheblich.«

Ein anderes Beispiel: In einem Artikel stand, dass Taxiunternehmen, die von einem Fremdfabrikat auf Mercedes-Modelle umstiegen, von Daimlers besonders subventioniert werden.

Der Marketingtätige: »Das machen wir nicht!«

Der Journalist: »Mir liegen die Aussagen von zwei Taxiunternehmern schriftlich vor, die das betätigen.«

Der Marketingtätige: »Mag sein, das sind dann irgendwelche Ausnahmen. Sonderfälle, bei denen sicherlich noch mehr im Spiel war. Sie verstehen?«

Die Aussprachеessen bestanden immer aus fünf Gängen.

Salat: Man lachte, unterhielt sich übers Wetter, über den letzten Urlaub oder über die schulischen Leistungen der Kinder. Suppe: Unveränderte Gesprächssituation. Hauptgericht: Vorsichtiges Antasten bis Herantasten an den Grund des Treffens, dann sogleich Rückzug mit dem Vermerk: »Jetzt lassen wir uns erst einmal das Hauptgericht schmecken, danach, gesättigt und gestärkt, lässt es sich leichter reden.«

Nachtisch: Der Grund des Anlasses kommt zur Sprache: brutal, offen, ungeschminkt. »Wir sitzen ja hier, um offen miteinander reden zu können. Wir nehmen kein Blatt vor den Mund. Alles andere hilft uns nicht weiter.«

Kaffee, Espresso oder Capuccino, dazu einen Grappa: Lachen, Witze erzählen, Urlaubs- und Kauftipps – Wo ist die Golfausrüstung am billigsten? – austauschen.

Leider besteht diese angenehme Tradition nicht mehr.

Gerüchten zufolge hätten Journalisten es mit einem besonderen Fleiß darauf angelegt, zu solchen Aussprachеessen eingeladen zu werden.

In der Presseabteilung bei Daimlers baut man auf eine Ehre bei Journalisten. Dies sorgt für eine Vielzahl von hervorragenden Presseveröffentlichungen.

Der PR-Trick: Geheime Informationen für Schlagzeilen

Ein anderer schöner Brauch der Presseabteilung Pkw war die Weitergabe von geheimen Top-Informationen an Journalisten. Die Rede ist von schlagzeilenträchtigen Knüllern, von überdimensionalen und seitenfüllenden Bomben, welche die Öffentlichkeit explodieren ließen, wenn sie platzten.

Allein, die in die Geheimnisse eingeweihten Journalisten mussten sich zurückhalten. Durften nicht berichten. All diese schön-explosiven Informationen waren immer streng vertraulich. Die Journalisten mussten versprechen, den geheimen Zustand der Vertraulichkeit zu respektieren.

Geheim ist bei Daimlers alles, was der Vorstand noch nicht gesehen hat.

Diese Einstufung basiert auf einem alten Brauch: Die Journalisten sollen nur über etwas berichten, was vom Vorstand frei gegeben ist. Dazu gehört: Journalisten dürfen nicht mehr wissen als der Vorstand. Und: Es verstößt gegen den guten Ton, wenn der Vorstand seine primären Informationen über konzerninterne Vorgänge nicht von Daimlers, sondern aus der Presse bezieht.

Doch Journalisten sind hartnäckig, wollen möglichst vor allen anderen, auch vor Vorständen, informiert sein.

Diesem Bestreben kamen Daimlers in der Presseabteilung nach, um die Herren Pressevertreter bei Laune zu halten. Immerhin, das Dasein einer Presseabteilung definiert sich auch durch gute Kontakte zu gut gelaunten Journalisten.

Den Zusagen der Journalisten, die anvertrauten Geheimnisse nicht zu veröffentlichen, vertrauten die Daimlers in der Presseabteilung. Auch weil sie an das Vorhandensein einer journalistischen Ehre glaubten. Das funktionierte tatsächlich, eine Zeit lang. Stichwort: Belohnte Naivität – später:

Nur noch Naivität. Heute im Konzern nicht mehr anzutreffen, wenn überhaupt, dann eine »professionelle Naivität«.

Zurückzuführen auf Journalisten, die auf ihre Ehre pfiffen: Skrupellos und sensationsgroß über die anvertrauten Geheimnisse berichteten. Anfangs pfiffen nur einige, doch dann pfiffen die meisten.

Und zurückzuführen auf den Vorstand, der daraufhin einem alten Brauch entsprechend »Köpfe rollen ließ» – die Presseabteilung personell ausdünnte. Einige wurden entlassen, andere versetzt, in Bürozimmer ohne Außenkontakte.

Die Übriggebliebenen, zerknirscht und niedergeschlagen, aber noch denkfähig, hatten plötzlich einen Gedanken, einen Rachegedanken. Erst eine vage Vorstellung, dann die glückselige Erkenntnis, die sofort in die Tat umgesetzt wurde.

Den ehrlosen Journalisten vermittelten sie weiterhin, mit noch mehr geheimem Aufwand geheime Top-Informationen, die allerdings bei näherer Betrachtungsweise alles andere als geheim waren. In Wirklichkeit waren es vom Vorstand abgesegnete Informationen, welche, vom Vorstand bestimmt, an die Öffentlichkeit gebracht werden mussten.

Wie gehabt und vorausgesehen, die Ehrlosen sprangen drauf, berichteten, was das Zeug hielt. Die Ordner bei Daimlers füllten sich mit vielen schönen Presseveröffentlichungen.

Mit einer derart erfolgreichen Pressearbeit konnten im Konzern noch tobende Wogen leicht geglättet werden. Sogar Lobe hagelte es aus der Vorstandsetage.

Die Daimlers in der Presseabteilung, vom Erfolg angespornt, setzten noch eins drauf. Sie kramten alte Geschichten aus, für die sich bisher kein Pressevertreter interessiert hatte, und überreichten diese ebenso mit dem Siegel »Streng geheim» an besagte Journalisten.

Totgeglaubte Themen lebten auf, was einst von Presseseite als langweilig eingestuft wurde, sorgte für Schlagzeilen auf den ersten Seiten.

Die Presseabteilung erstarkte wieder, in neuer bisher nicht für möglich gehaltener Größe. Sogar fürs Kaffeekochen konnte eine eigene Mitarbeiterin eingestellt werden.

Diese gute Situation hält heute noch an.

Monatlich entstehen in der Presseabteilung neue Arbeitsplätze. Auf die Frage: »Was ist, wenn eines Tages die Journalisten das Spiel durchschauen?« folgt die Antwort: »Was wollen Sie? Pessimisten haben hier keinen Platz!«

Viele Daimlers interessieren sich für die Arbeit der Presseabteilung – aus Eigennutz. Sie wollen, dass die Presse über sie berichtet.

Bitte in der Süddeutschen veröffentlichen

Ein großer, wichtiger Arbeitsbereich der Presseabteilung ist die interne Pressearbeit: Die Erklärung an führende oder führen-wollende Daimlers wie die Presse funktioniert.

Dass die Presse aus Presseorganen, wie zum Beispiel Süddeutsche Zeitung, Renchtaler Nachrichten und Offenburger Spiegel, besteht, die von Berichten bis Meldungen inhaltlich und von Anzeigen finanziell leben.

Die Berichte bis Meldungen werden von Journalisten verfasst, auf die man keinen bis wenig Einfluss nehmen kann. Die Anzeigen werden an Anzeigenleute weitergegeben, auf die man sehr viel bis überhaupt Einfluss nehmen kann. Mischformen sind möglich, wenn ein Anzeigenmann sich auch journalistisch engagiert oder ein Journalist sich anzeigenorientiert zeigt. Je nach Mischform verändert sich die Möglichkeit der Einflussnahme: Die Weisung, was wie und wann veröffentlicht werden kann.

Nicht alle Daimlers verstehen diese an sich einfachen Spielregeln.

Manche meinen: »Wessen Brot ich ess, dessen Lied ich sing.« Übersetzt heißt das: »Wenn jemand von unseren Anzeigen lebt, dann sollte dieser jemand auch in unserem Sinn berichten.«

Andere meinen: »Sing ich nicht das richtige Lied, bekomm ich auch kein Brot.« Übersetzt: »Wenn jemand über uns schlecht berichtet, dann werden in dessen Presseorgan keine Anzeigen mehr geschaltet.«

Wiederum andere meinen: »Ich will nur Brot.« Übersetzt: »Wir schreiben die Artikel, die anderen brauchen sie nur noch veröffentlichen.«

Auch hinsichtlich der Bedeutung der einzelnen Presseorgane gibt es Missverständnisse bis Uneinsichtigkeiten.

Beispiel: Ein führen-wollender Daimler findet sich mit Konterfei und vermeintlich äußerst intelligenten, mit seinem Namen versehenen Aussagen – auch Zitate genannt, kommt von Ziegentatar – in den Renchtaler Nachrichten wieder. Er sendet die Veröffentlichung an die konzerneigene Presseabteilung mit dem Vermerk: »Bitte an die Süddeutsche Zeitung weiterleiten, der zuständige Journalist dort kann den Text komplett übernehmen. Habe dies bereits mit seinem Kollegen bei den Renchtaler Nachrichten abgeklärt.«

Rückfragen bei dem Führen-Wollenden ergaben, dass dieser gleich mehrere Standpunkte klar vertrat: Journalisten der einzelnen Presseorgane schreiben immer voneinander ab, wer zuerst etwas veröffentlicht liefert die Vorlage für die anderen. Die Renchtaler Nachrichten sind mindestens so wichtig und kompetent wie die Süddeutsche Zeitung, dies beweist allein schon der Artikel über seine Person.

Das Nichtverstehen oder das Nichtakzeptieren der Bedeutungsunterschiede von Presseorganen bietet den Daimlers in der Presseabteilung aber auch die große Chance auf ein leichteres Arbeitsleben.

Klopft beispielsweise ein Führen-Wollender bei ihnen zaghaft an: »Ich war schon lange nicht mehr in der Presse, was macht ihr eigentlich den ganzen Tag?« können sie ihm den Wunsch nach Publicity schneller und überhaupt erfüllen.

Sie rufen bei den Renchtaler Nachrichten an, in der schönen Gewissheit, dass dieses Blatt alles druckt, Hauptsache die Anzeigen laufen weiter. Oder die Möglichkeit, Mercedes-Testwagen zu beziehen, reißt nicht ab.

Schnell wird man sich einig. Das Blatt berichtet wie gewünscht, der Führen-Wollende ist zufrieden gestellt.

Diese Vorgehensweise funktioniert aber nicht bei allen Daimlers in Lauerposition auf eine Führungsrolle. Manche kennen sich bei den Presseorganen tatsächlich aus. Doch auch mit solchen Fällen kann man umgehen.

Dann wird der Offenburger Spiegel angerufen, der wie die Renchtaler Nachrichten strukturiert ist. Bei der Erfolgsmeldung an den Möchtegern-Führenden, dass der Offenburger Spiegel über seine Person berichten will, wird aus Versehen das »Offenburger» weggelassen.

Gute Presseverbindungen sind für ein Unternehmen wichtig. Deshalb sollte man früh mit dem Aufbau der Verbindungen beginnen. Ideal ist, wenn Bausteine schon in der Jugendzeit der Journalisten gesetzt werden können.

Junge Journalisten hervorragend geimpft

Wie bei jedem halbwegs ordentlichen Konzern, so auch bei Daimlers: In regelmäßigen Zeitabständen wird ein Umweltbericht angefertigt. Eine dicke Broschüre, manchmal einer Zeitung nicht unähnlich, die über umweltfreundliche Bemühungen im und außerhalb des Konzerns, damit normale Menschen davon auch etwas haben, informiert.

Die Vorlagen für die einzelnen Textthemen, das Inangriffnehmen der umweltfreundlichen Bemühungen, erbringen Daimlers. Die Auswahl der besten Textthemen – Wo hatten die Bemühungen den größten Erfolg? – ebenfalls. Allein das Schreiben der Texte, das machen sie nicht. Das lassen sie machen, von werdenden Journalisten der Münchner Journalistenschule.

Diese Idee ist genial. Sie hat die lebenslange, positive Anbindung der Journalisten an den Konzern zum Ziel. Die ist wichtig, man hört ja immer wieder, dass Journalisten während ihres Lebens auch kritisch berichten würden. Ab und zu auch über den Konzern.

Derartiges kann durch die beruflich-lebenslange Anbindung, manche Daimlers sagen Zusammenarbeit, unterbunden werden. Mehr noch, eine grundsätzlich positive Einstellung gegenüber dem Konzern kann den jungen Journalisten lebenslang aufgebunden werden. Manche Daimlers sagen: Eingeimpft.

Das Motto allen Denkens heißt: Diese werdenden Journalisten, welche die Texte für den Umweltbericht schreiben, sind morgen die Chefredakteure der Frankfurter Allgemeinen Zeitung. Ist es soweit, steht bei dieser Zeitung endlich einmal auf jeder Seite ein positiver Bericht über den Konzern.

Doch, man möge es nicht für möglich halten, anfangs stieß dieses glorreiche Projekt auch auf kritische Stimmen bei Daimlers.

»Was ist, wenn diese unfertigen Journalisten unverständliche bis negative Texte für unseren schönen Umweltbericht verfassen?«

Die projektbefürwortenden Daimlers antworteten: »Warum sollten sie das tun?«

Die Kritisierenden: »Man hört heute so viel Ungutes von jungen Leuten. Stellen alles in Frage, hinterfragen alles. Sind gegen Großkonzerne. Gegen die 60-Stunden-Woche. Überhaupt gegen das Geldverdienen.«

Die Befürwortenden: »Die jungen Journalisten, die an unserem Umweltbericht mitarbeiten, die haben wir im Griff.«

»Beruhigend, wie denn?«

Als Antwort folgten ausführliche Stellungnahmen zu diversen Journalisten-Ingriffhaltungen. Zusammenfassend könnte man sagen: Diese Ingriffhaltungen beginnen schon bei der Auswahl. Nur solche Journalistenschüler kommen in die nähere Auswahl, dürfen für den Umweltbericht schreiben, die durch eine positive Grundhaltung gegenüber Daimlers überzeugen. Zum Beispiel mit einem Mercedes-Modell in der Familie aufwuchsen oder gar schon selbst ein Stern-Modell fahren.

Weiter werde geprüft, ob sie das notwendige Vorhandensein eines Großkonzerns in einer sozialen Marktwirtschaft bejahen. Nichts gegen Großverdiener einzubringen haben. Ein wichtiger Überprüfungspunkt ist auch, ob sie an die Notwendigkeit einer intakten Umwelt glauben. Und ob sie wüssten, dass es bei der Einhaltung von umweltschützenden Maßnahmen bei einem Großkonzern betriebswirtschaftliche Grenzen gibt.

Doch derartige Hinweise überzeugten die kritisierenden Daimlers nicht. Sie fragten bedenklich weiter: »Diese jungen, noch lebensunerfahrenen Leute lassen wir in die Werke, mit unseren Fachleuten sprechen. Was ist, wenn sie etwas falsch verstehen, vielleicht unabsichtlich? Meinen aber, das ist richtig, schreiben auch so? Was ist, wenn sie ihre falsche Sicht der Dinge gestandenen Journalisten erzählen, die darüber berichten? Dann ist doch die Kacke am Dampfen, oder?«

Die Befürworter verwiesen auf eventuell bissige Hunde, denen man vorsorglich auch einen Maulkorb verpasst. Den werdenden Journalisten werde eine Verpflichtung zur Geheimhaltung auferlegt. Das heißt, über das, was sie in den Werken sehen und hören, dürfen sie mit niemandem außerhalb des Konzerns sprechen.

Doch kritisierende Daimlers sind nicht so leicht zu überzeugen, zumal manche in dieser Haltung eine Geisteshaltung sehen, die ein Leben lang anhalten muss.

Sie fragten weiter: »Und wenn diese jungen, noch lebensunerfahrenen Leute einen unrichtigen, einen politisch schädlichen Text für den Umweltbericht abliefern?«

Die projektbefürwortenden Daimlers: »Natürlich werden die Texte von uns vor Veröffentlichung gegengecheckt. Dabei werden inhaltliche und sonstige Unstimmigkeiten erkannt. Nur von uns freigegebene Texte werden im Umweltbericht veröffentlicht.«

»So einfach geht das?«

»Na klar, es sind doch Schüler! Die lernen noch. Die lernen nicht nur in München in der Journalistenschule, die lernen auch bei uns und von uns. Denen bringen wir einiges bei, was sie in ihrem späteren Journalistenleben sehr gut gebrauchen können.«

»Hm.«

»Ja und dann die Bezahlung. Die Texte bezahlen wir denen gut, natürlich. Für so ein Schüler ist sie vielleicht ein kleines Vermögen. Auf jeden Fall, es ist das erste gute Geld für einen ersten guten Text.«

Die Nicht-mehr-Kritisierenden: »Wir verstehen.«

Pressepublikationen initiieren Auszeichnungen für Autohersteller, Daimlers nehmen diese Auszeichnungen. Sie haben sie abonniert.

Profiautotestern über die Schulter geschaut

Seit Jahren herrscht zwischen Motorpresse und Automobilherstellern ein wunderbarer Brauch. Die Motorpresse – Auto Bild, Auto Motor und Sport, mot und so weiter – initiiert Auszeichnungen wie: »Die besten Autos der Welt«, »Autos der Vernunft«, »Das Goldene Lenkrad«. Die Automobilhersteller – dem Brauch entsprechend gehen alle Auszeichnungen an Daimlers.

Meist nimmt sie ein Vorstandsmitglied, oft Hubbert, möglichst vor laufenden Fernsehkameras in Empfang. Routinemäßig und gekonnt und stellvertretend. Letzteres für die konzipierenden, schraubenden und montierenden Daimlers. Jene also, die bezogen auf Entstehung und Fertigung der Modelle wirklich Hand anlegten. Die gekonnte Routine zeigt sich bei den Dankesreden. All den Leuten wird gedankt, die beim Zustandekommen der Auszeichnungen mitgewirkt haben. Sich wie immer und doch total überraschend richtig entschieden haben.

Die Skala der preismitwirkenden Leute reicht von Lesern, die zum Beispiel auch die Bild Zeitung lesen, von Lesern der Autofachpublikationen bis hin zu den Autotestern sowie Mitgliedern der Fachjury. Besondere Bedeutung bis Aufmerksamkeit wird in den Dankesreden den Autotestern zuteil. Nicht selten liefern sie die entscheidenden Vorlagen für die richtigen Entscheidungen der Fachjury. Die Autotester, die wissen wo es lang geht. Wie man richtig, gründlich, überzeugend und auch sonst Automobile auf Herz und Nieren prüft und testet. Alle Funktionen und Leistungen eines Automobils bis aufs Letzte herauskitzelt. Möglich ist es den Experten aufgrund ihrer speziellen Vor- und Ausbildungen sowie praktizierenden Berufe.

Ein Autotester beispielsweise, für »Das goldene Lenkrad» tätig, ist von Beruf vornehmlich Bruder – Bruder eines vielsprechenden Showmasters, der in seinen Shows immer sagt: »Wetten dass ...«.

Jener berufliche Bruder testete ausgiebig die M-Klasse. Eigentlich extrem ausgiebig bis besonders gefährlich. Vor laufenden Fernsehkameras rutschte er mit seinem bestens geländetauglichen Test-Mercedes einen kleinen, eher flachen Wiesenhang etwas hinunter. Versuchte gegenzusteuern, wohl in die falsche Richtung, vermutlich einhergehend mit einem Verwechseln der Pedale – kann dem besten Profi passieren. Die Räder wühlten sich in den weichen Boden, der Wagen hing fest: Nichts ging mehr. Vor ausgeschalteten Kameras wurde der Mercedes abgeschleppt.

Daimlers, welche diese hochprofessionelle Fahrtestszene im Fernsehen mit ansehen mussten – »Wir testen doch etwas anderes, nicht so gefährlich, bleiben deshalb wohl mit der M-Klasse nirgendwo stecken!» – rutschte das Herz in die Hose. Zumal die anderen geländetauglichen Fahrzeuge anderer Hersteller, auch per Fernsehkameras dokumentiert, einfach nur das machten oder erledigten, was sie machen oder erledigen sollten. Nichts und niemand rutschte, blieb gar mit durchdrehenden Rädern irgendwo stecken.

Das Herz rutschte aber schnell wieder an die alte Stelle, als die Testergebnisse und der Sieger verkündet wurde: Platz eins für die M-Klasse.

Der bruderberufserfahrene Tester meinte bei der Preisverleihung hinsichtlich seiner Testfahrt, wiederum vor laufenden Fernsehkameras: »Das werde ich vermutlich nie kapieren.«

Er meinte nicht das Zustandekommen des ersten Platzes, er meinte ehrlicherweise sein testfahrerisches Können im Gelände. Na ja, wer erst mal ein Tester ist, der wird irgendwann das Testen – einfaches Fahren mit Geländewagen auf einfachem Gelände – auch noch lernen.

Ein anderer Tester ist eine Testerin, braungebrannter, vollbusiger Typ. Von Beruf Abgelegte eines schlagenden Musik- und Schlagzeilenmachers namens Dieter. Schlagend: Nicht Schlagzeug, sondern Hand oder Faust, zum Beispiel gegen einen – oder eine – Feldbusch. Was die Welt tränenreich im Fernsehen mit bestürztem Johannes B. Kerner erfuhr.

Jene Testerin, nicht "Feldbusch-gleich", sondern "Naddel-haft", testete die Fahrzeuge nach zwei Methoden: Viel lachen, in jedem Fahrzeug alles ganz aufregend bis toll finden.

Aufgrund dieser Testmethoden, nur etwas auch aufgrund ihres "naddelnudligem" Aussehens und dem Silikon-Holz vor den Hütten, war sie bei Daimlers die Beliebteste. Vor allem dann, wenn sie in einem Stern-Modell saß.

Ein weiterer Tester war ein Adliger, was gut war: Adel verpflichtet, fährt Mercedes-Modelle. Doch der kam aus Bayern, was mit einer gewissen Aufregung registriert wurde: Bayern ist BMW.

Aber was soll`s , wenn auch manche Einzelbewertungen nicht richtig ausfallen, Hauptsache die Gesamtbewertung stimmt: Mercedes mehrheitlich und imageträchtig vorne – schön regelmäßig und wie immer.

Allen Herstellern von Nobelwagen geht es sehr schlecht, Ausnahme: Bei Daimlers läuft das Geschäft prächtig. Ein Hilfsfonds »Nobelkarossenhersteller in Not» wurde gegründet.

Eine Gabe für notleidende Nobelwagenhersteller

Neue S-Klasse, Präsentation für Journalisten, organisatorischer Ablauf: Allgemeiner Journalistensammelpunkt Stuttgarter Flughafen, Abtransport ins Werk Sindelfingen, dort S-Klasse-Ausgabe an Journalisten zwecks Testfahrt quer durch den Schwarzwald nach Offenburg. Genauer gesagt, zum Offenburger Kleinstflughafen mit Großzelt neben grasbewachsener Rollbahn – Wiese mit viel Löwenzahn, darauf feldweghaftes Rollbähnchen.

Im Zelt Durchführung der Pressekonferenz.

Die Pressekonferenzen bei Daimlers sind immer sehr interessant. Man erfährt viel über die Autos: Welche Schraube rechts und welche links herum gedreht wurde – und warum. Wie viel Geld für die Entwicklung neuer Modelle oder Techniken ausgegeben wurde – Unsummen! Wann die Verteilung oder Zuweisung neuer Modelle beginnt – in Deutschland und in Afrika. Was im Kaufpreis der neuen Modelle an Extras enthalten ist – nichts bis armselig! Wie viel Sprit die Motoren der neuen Modelle verbrauchen – nicht der Rede wert, aus Sicht von Großverdienern!

Interessant sind die Stern-Pressekonferenzen auch, weil immer Marktzahlen präsentiert werden. Das heißt, die Erfolgszahlen von Daimlers im Markt: Wie viel Modelle – sehr viele – in welchem Zeitraum – nur wenige Tage – an welche zufriedenen Kunden – sind durchweg reich und mit ihrem Mercedes nie unzufrieden – in welchen Ländern – in allen – verteilt wurden. Einmal fragte ein Journalist die referierenden Daimlers: »Ja und die anderen, die Wettbewerber, wo stehen die im Markt?«

Ratlosigkeit machte sich breit. »Wieso Wettbewerber? Konkurrenten? Wissen wir nicht!« In den Gesichtern war zu lesen: »Gibt es überhaupt einen Wettbewerb?« Der Journalist half aus. »Ich meine BMW, Audi, VW, Volvo, Jaguar, Lexus und so weiter. Wo stehen die im Markt? Welche Marktanteile haben die?«

»Äh, nun, wir sind im Markt führend, genügt das nicht?«

Der uneinsichtige Journalist antwortete tatsächlich: »Nein.«

»Ja, ja dann, wir liefern ihnen die Antwort nach.«

Der Journalist würde heute noch auf die Antwort warten, wenn, ja wenn diese Pressekonferenz im Großzelt in Offenburg, neben der kleinen Rollbahn, nicht gewesen wäre.

In dieser denkwürdigen Konferenz bestätigte der Vorstand von Daimlers das Vorhandensein von Konkurrenten – ist wirklich wahr! Sie bestätigten das Vorhandensein von Herstellern, die ihre Fahrzeuge gegen Bezahlung einer Geldsumme Menschen überließen. Es Autofahrer gab, die tatsächlich Geld für ein Fahrzeug ohne Stern-Zeichen ausgaben.

Es wurde nur von »Fahrzeugen» gesprochen, der Begriff »Autos» wurde vermieden.

Und sie setzten noch eins drauf. Sie gingen sogar auf diese Konkurrenten namentlich und modellspezifisch ein. Informierten die Journalisten, wie weit die anderen im Markt mit welchen abgesetzten Fahrzeugstückzahlen hinter Daimlers standen – sehr, sehr weit hinten!

Ausführlich sprach man zum Beispiel über die BMW Siebenerreihe. Natürlich keine echte Konkurrenz zur S-Klasse, vor allem aus technischer und kaufpreislicher Sicht. Doch manches an dieser Fahrzeugreihe sei durchaus erwähnenswert. Beispielsweise das Heck, das überhaupt nicht gut ausschaue, ein Stilbruch im Design. Hat wohl ein Lehrling gemacht. Die Zahl der verkauften Siebener-Modelle? Jämmerlich bis äußerst bedenklich!

Ebenfalls ausführlich ging man auf die VW-Nobelwagenhoffnung Pheaton ein. Natürlich auch keine Konkurrenz, trotzdem mit erwähnenswerten Details. Diese bezogen sich auf die Technik. Überhaupt und zusammengefasst, dass dieses Modell fährt, das sei schon unverständlich: Ein technisches Wunder. Die verkauften Stückzahlen? Traurig, traurig, unverkäuflich! Auch dem A 8 bei Audi wurde eine besondere Aufmerksamkeit geschenkt.

Wiederum keine Konkurrenz zur S-Klasse. Nein, natürlich nicht! Dennoch wollte man auf interessante Details eingehen. Man wollte, falsch, man hätte gern wollen, doch leider habe man keine gefunden. Details schon, aber keine interessanten. Das wurde sehr bedauert, gleich mehrmals. Und die verkauften Stückzahlen? Schlimm bis ganz schlimm, eigentlich ein Zuschussgeschäft!

Auf Fahrzeughersteller nach Fahrzeughersteller wurde in Offenburg eingegangen. Hinsichtlich der verkauften Stückzahlen sah es bei allen jämmerlich, äußerst bedenklich, traurig bis ganz schlimm aus.

Das hatten die Journalisten nicht erwartet. Auch nicht gewusst. Sie waren zutiefst betroffen.

Noch auf dem Offenburger Flugplatz gründeten sie einen Hilfsfonds »Nobelkarossenhersteller in Not«. Alle gaben etwas. Auch die Vorstandsmitglieder bei Daimlers sollten etwas geben. Wurden diesbezüglich angesprochen, was aber ein Fehler war.

Sehr wortreich, wild gestikulierend, brutal offen verneinten sie den kleinsten Spendenbeitrag.

Fasst man alles zusammen, dann begründeten sie dies mit: »Wir können doch nicht in diesen Fonds einzahlen, so die anderen unterstützen. Eines Tages sind sie dann wirklich Konkurrenten. Nein, das geht nicht!«

Den Begriff »verkaufen» kannten Mercedes-Verkäufer nicht. In Seminaren mussten sie mühsam die Bedeutung des Begriffs erlernen.

Mercedes-Verkäufer: Gingen einen harten Weg

Viele Jahre war ein Mercedes-Verkäufer kein Verkäufer, sondern ein Verteiler. Er verteilte die Autos an Kunden, die unbedingt eines wollten, dafür standen diese Schlange, höchstbietend. Diese Zeiten sind zwar nicht vorbei, die Stern-Modelle werden von den Verkäufern immer noch verteilt, allein die Kunden stehen nicht mehr Schlange.

Diese Situation blieb Daimlers nicht verborgen. Eilends wurde eine Schulung anberaumt, in der die Verkäufer von der Tradition des Verteilens Abschied nehmen, sich dafür mit den Regeln des Verkaufens vertraut machen sollten.

Gleich mehrere Aufschreie gingen durch die Reihen. Wieso? Sollen wir jetzt tatsächlich wie die Fords und Opels unsere Top-Modelle an den Mann oder die Frau bringen? Richtig baggern? Den Kunden nachlaufen? Derart niveaulos arbeiten?

Eine gefährliche Situation zeichnete sich ab – eine Gratwanderung.

Auf der einen Seite befand sich der Abgrund: Arroganz. »Wir sind wer, auf jeden Fall mehr als die anderen. Das müssen die Kunden spüren.« Auf der anderen Seite die dunkle Tiefe: Nachlassendes Kundeninteresse. Mancher vermeintlich eingefleischte Mercedes-Fahrer erdreistete sich zu behaupten, dass auch andere Hersteller gute Fahrzeuge bauen würden, die zudem den Vorteil hätten, preisgünstiger zu sein. Einfach mehr Auto fürs Geld böten.

Die Gratwanderung: Die alten Verteiler und neuen Verkäufer sollten das Kunststück fertig bringen, den Kunden vermitteln: »Wir sind wer«, gleichzeitig den Kunden hinterherlaufen und ihnen sagen: »Wer wir sind«. Das eine durfte nicht zu arrogant sein, das andere nicht zu gewöhnlich.

Die Technik des Gratwanderns sollte den Ex-Verteilern, beschäftigt in Werksniederlassungen oder bei Vertragshändlern, in dem eilends organisierten Seminar beigebracht werden. Dieses lief, die neue Zeit unheilvoll verkündend, unter dem Titel: »Richtig verkaufen«.

Neben Daimlers waren auch namhafte Unternehmensberater als Dozenten mit von der Partie. Diese brauchten zwar nichts verkaufen, wussten aber, wie man verkaufen konnte.

Darunter ein sehr namhafter Unternehmens- und zugleich Verkaufsberater, der unter anderem das Ei des Kolumbus gefunden hatte. Seine Lehren, Thesen und Vorschläge für das Wandern auf schmalem Pfad sollten sich die werdenden Mercedes-tatsächlich-Verkäufer besonders zu Herzen nehmen.

Das Seminar mit dem Guru begann vielversprechend. Er forderte die Teilnehmer auf, endlich mit dem Verkaufen von Autos aufzuhören. Entspannung machte sich breit. Man lehnte sich zurück, ein jeder Seminarteilnehmer wusste, was gemeint war. Alle Aufregung umsonst. Man konnte weiter verteilen, was künftig nur verkaufen heißen sollte.

Der Entspannung folgte eine jähe, große Nachdenklichkeit. Denn der Guru sagte plötzlich: »Verschenken Sie Ihre Autos!«

Ein Seminarteilnehmer fragte in die Stille des Seminarraums: »Wie verschenken? So richtig verschenken?«

Als der Guru-Berater mit »Ja» antwortete, entstanden tumultartige Szenen.

Jemand rief: »Sie Kommunist.« Jemand anderes: »Sie Mutter Teresa-Verschnitt.« Noch jemand anderes: »Sie Geschäftekaputtmacher.«

Der derart Beschimpfte lächelte und antwortete: »Verkaufen Sie die Philosophie: Jeder, der einen Mercedes fährt, ist ein erfolgreicher, vom Glück geküsster, besserer Mensch. Für diese Philosophie bezahlen die Leute so viel Geld wie das Auto kostet, somit können Sie es ihnen auch schenken.«

Der Tumult ebbte ab, die Nachdenklichkeit gewann wieder die Oberhand. In diese hinein erklärte der namhafte Seminarleiter sechs Stunden lang, was er noch alles unter der zu verkaufenden Philosophie verstand und wie diese auch zu verkaufen war.

Am Ende der Veranstaltung waren die Teilnehmer immer noch nachdenklich, zusätzlich platt bis kraftlos. Viele auch mutlos. Wohin sollte das führen? Alles war viel schlimmer! Statt Autos zu verteilen oder notgedrungenermaßen zu verkaufen, sollten sie jetzt etwas Imaginäres, eine Philosophie, verkaufen und die Autos verschenken?

Eine Kündigungswelle setzte ein. Viele der Ex-Verteiler wollten doch lieber ein nicht so schlimmes Los auf sich nehmen, wollten Tatsächliches verkaufen. Irgendwie und irgendwo konnte man das sicher erlernen. Sie gingen zu Ford oder Opel.

Die ehemaligen Verteiler, die blieben, versuchten die Philosophie vom besseren, glücklicheren Menschen zu verkaufen. Und sie hatten Erfolg, sogar einen sehr großen.

Die Leute kamen in Scharen, wie einst zu den besten Verteilerzeiten. Saßen in und fuhren mit den neuen Stern-Modellen Probe. Vor allem aber, sie zogen sich die Philosophie rein. Wie Lottospieler die Lottozahlen, allein, sie wurden nicht enttäuscht.

Mit dem schönen Gefühl, ein ganz toller Kerl oder eine ganz tolle Frau zu sein, mit einem hohen bis überhöhten Selbstbewusstsein, zogen sie wieder von dannen – ohne einen neuen Mercedes.

Warum? Was war los? Daimlers richteten einen Untersuchungsausschuss ein.

Dieser fand zweierlei heraus. Seit der verabreichten Philosophie gelten Mercedes-Fahrer als die eingebildetsten bis arrogantesten Fahrer unter den Autofahrern. Für die Philosophie selbst wollte niemand so viel bezahlen wie ein neues Mercedes-Modell kostete. Überhaupt, niemand erkannte, auch die Verkäufer nicht, dass die Philosophie nur in Verbindung mit einem neuen Mercedes Gültigkeit hat oder haben sollte.

Die Kunden, die mit den Verkäufern gesprochen hatten, lebten ihr über den anderen Autofahrern liegendes Glücksgefühl mit dem alten, vorhandenen Mercedes aus. Wer keinen alten, vorhandenen Mercedes hatte, kaufte sich einen auf dem Gebrauchtwagenmarkt – egal wie alt dieser war, Hauptsache Mercedes.

Der angenehme Nebeneffekt: Seither gelten Stern-Modelle in punkto Wertverlust durch Gebrauch als recht wertstabil.

Ein neues Verkaufsseminar wurde anberaumt, ohne den einstigen Guru. Dafür aber mit einem Staubsaugervertreter als Verkaufstrainer. In dessen Firma führte er mit großem Abstand die Verkaufsstatistik an. Von seinem verkäuferischen, praxisnahen Können sollten die Stern-Modelle-Verkäufer jetzt endlich das schwierige Handwerk des richtigen Verkaufens erlernen.

Über Inhalte, Ablauf und Reaktionen des Seminars ist heute leider nichts bekannt. Nur so viel, nach dem Seminar hatte jeder Teilnehmer einen neuen Staubsauger. Immer noch sehen sich Mercedes-Verkäufer als Verteiler.

Neueste Untersuchungen bestätigen: Mercedes-Fahrer leiden unter einem Linkssyndrom. Eine spezielle Linksspur auf Autobahnen soll für Heilung sorgen.

Mercedes-Fahrer sind linksorientiert

Warum fahren Lenker von Mercedes-Modellen auf der Autobahn immer links?

Dieser Frage ging man bei Daimlers nach. Der Anlass: Die permanente Linksfahrerei sorgte auf den Autobahnen für einen gewissen Unmut, besonders wenn rechts allgemein schneller gefahren wurde.

Beschimpfungen wie »Linksspurblockierer«, »Autos mit eingebauter Vorfahrt» und »Dicke, fette Breitmacher» machten die Runde. Bildeten sich links lange Autoschlangen, sagten die Leute: »Vorne fährt sicher ein Mercedes.«

Gegen dieses sich mehr und mehr manifestierende Bild wollte man bei Daimlers angehen. Etwas hin zur Besserung oder Richtigstellung unternehmen. Doch um dies wirkungsvoll tun zu können, musste erst Ursachenforschung betrieben werden. Was schon im Ansatz nicht so einfach war.

Einige Daimlers stellten die Forschung nach den Ursachen überhaupt in Frage. Sie argumentierten: »Unsere Autos auf der Überholspur, das ist immer gut.«

Andere, sie arbeiteten von Zeit zu Zeit auch in der Rennsportabteilung, sahen nur eine Ursache: »Unsere Autos sind zu langsam.« Sie forderten die Aufhebung der Selbstbeschränkung: »Bei 250 km/h ist Schluss«.

Auftrieb erhielten sie von anderen, deutschen Autoherstellern, die – sie hatten sich einst ebenfalls zu der maximalen Höchstgeschwindigkeit von 250 km/h selbstbeschränkend bekannt – mittlerweile schnellere Autos auf die Straßen rollen ließen. Die 300 km/h-und mehr-Befürworter bei Daimlers meinten: »Was die können, können wir doch schon lange. Lasst uns unsere schönen Modelle schneller machen.«

Dagegen waren die Imagehüter, die auch Unfallforschung betreiben und sich für die Sicherheit im Auto verantwortlich fühlen.

Sie sagten, dass höhere mögliche Geschwindigkeiten am Image »Mercedes, das sicherste Auto der Welt» kratzen könnten. Schon jetzt wäre man an einer kritischen Grenze angekommen. Vor allem dann, wenn ein Brückenpfeiler im Weg stand. Es konnte auch ein Pfeiler in einer Pariser Untertunnelung sein.

Derartige Verkehrshindernisse, hochgeschwindigkeitsschnell getroffen, machten jegliche Fahrzeugsicherheit zunichte. Vom Fahrzeug und von den Sicherheiten im Fahrzeug würde man nicht mehr viel feststellen können – alles ein Knäuel. Die so Argumentierenden traten für eine Reduzierung der Höchstgeschwindigkeit für alle Fahrzeugmodelle in Deutschland, also auch für die Vehikels anderer Hersteller, auf 220 km/h ein.

Wieder andere Daimlers vertraten die Auffassung: »Die Linksfahrerei ist keine Frage der möglichen Geschwindigkeit, sondern eine Machtfrage. Unsere Kunden sind in Chefpositionen und Chefs lassen sich nun mal nicht gern links überholen. Höchstens von rechts, was ja aber verboten und somit unfair ist.«

Trotz der unterschiedlichen Einwände, der Anregungen sowie Blockierversuchen, die Ursachenstudie hinsichtlich des allgemein festzustellenden Linksfahrverhaltens von Mercedes-Fahrern konnte in Auftrag gegeben werden.

Das verrückte Ergebnis: Die Mercedes-Fahrer leiden an einem Linkssyndrom. Dies unabhängig vom Mercedes-Modell, Alter des Fahrers und des Modells, von der Breite der Autobahn, Höhe des Verkehrsaufkommens und Auswirkung der Wetterverhältnisse.

Kaum auf der Autobahn, verspüren sie einen Linksdrall, der mit einem Zucken der linken Schulter einhergeht. Zugleich übernimmt die linke Hirnhälfte die Dominanz. Nur ein Gedanke gewinnt die Oberhand: Links alles blockieren oder eliminieren, was durchaus auch eine politische Relevanz hat. Mercedes-Fahrer sind gewöhnlich rechts orientiert.

Untermauert wird der Gedanke von der Vorstellung, dass man links auch deshalb schneller vorankommt, weil es dort weniger Hindernisse gibt: Nur Affen, Schafe und Idioten. Die kann man leicht nach rechts scheuchen, wo sie sich anpassen müssen. Ansonsten werden sie platt gemacht. Manchmal kommt es eben vor, dass auch ein Lkw-Fahrer nicht mehr rechtzeitig bremsen kann.

Auch die Übersicht ist links besser. Beispielsweise bezogen auf einen Unfall auf der Gegenseite oder auf einen dortigen Stau. Den so vom Schicksal Getroffenen kann man auf der Überholspur leichter zuwinken. Das Motto hier: Gesehen und gesehen werden. Vielleicht auch: Schadenfreude ist die beste Freude.

Angesichts der Untersuchungsergebnisse überlegten Daimlers in der Konzernzentrale in Stuttgart-Möringen, ob sie ihren Kunden spezielle Fahrkurse anbieten sollten.

Dieser Gedanke wurde recht schnell fallen gelassen: Zu teuer, nicht erfolgversprechend.

Deutlich billiger, leichter, erfolgversprechender sei die politische Forderung: Schaffung einer speziellen Autobahnlinksfahrspur für Mercedes-Fahrer, frei von Affen, Schafen und Idioten.

Leute, die öfters im Fernsehen kommen, sollen einen Mercedes fahren. Damit sie dies tun, werden sie umfänglich beraten.

Lobbying: Ein Mercedes für Schröder

Daimlers betreiben auch Lobbying: Systematisches Überreden von Prominenten, wie zum Beispiel den Papst, einen Mercedes zu fahren. Doch nicht jeder Prominente wird systematisch überredet.

Entscheidend ist weniger der Anlass des Prominentseins – Wer hat was wie gemacht, um bekannt und somit prominent zu sein? –, sondern die Fernsehquote. Wie oft ist ein Prominenter im Fernsehen zu sehen? Die Antwort auf diese Frage ist für das Tätigwerden der Lobbyisten – Überredungskünstler – entscheidend: Je öfters im Fernsehen, desto intensiver die Überredungen.

In Berlin sitzen die meisten überredungskünstlerisch tätigen Daimlers. Der Grund: In Berlin gibt es die meisten Politiker. In punkto Fernsehquote sind sie unschlagbar.

Jeder Politiker oder jeder, der nach einem Politiker aussieht, kommt mindestens einmal täglich im Fernsehen, zum Beispiel in der ARD-Tagesschau. Doch das an sich, auch ganz unabhängig davon, was sie im Fernsehen sagen, macht sie noch nicht so sehr wertvoll für Daimlers. Deren Puls beginnt erst zu rasen, wenn Politiker des öfteren vor laufenden Fernsehkameras in ein Fahrzeug einsteigen. Dieses Fahrzeug muss ein Mercedes sein, natürlich!

Somit sind besonders die Politiker interessant, die weniger politisch aktiv sind, dafür mehr mit dem Auto durch die Gegend fahren. Was aber für die Fernsehanstalten auch interessant sein muss. Das Fahren allein lockt keinen Hund hinterm Ofen vor, kein Kamerateam vom Vespertisch weg.

Um hier optimale Ergebnisse, optimale Quoten von Mercedes-mit-Politiker-im-Fernsehen, erzielen zu können, werden spezielle Beratungsleistungen angeboten. Nicht bezogen auf das Auto, bezogen auf Politiker, wie sie was sagen können.

Das »wie» beinhaltet zum Beispiel: Politiker gibt ein Fernsehinterview im Mercedes – Ergebnis: Sagenhafte Autoinneneinrichtung ist im Fernsehen zu sehen. Er spricht zu Journalisten aus dem möglichst stehenden Mercedes heraus – geiles Autodesign ist sichtbar. Er beantwortet Journalistenfragen auf der Mercedes-Motorhaube sitzend – silberner Stern ist sichtbar. Er gibt Erklärungen vor geöffnetem Mercedes-Kofferraum ab – großes bis konkurrenzloses Kofferraumvolumen ist sichtbar. Hinsichtlich dem »was» – Was Politiker in die laufenden Fernsehkameras sagen können? – gibt man sich bei Daimlers bezogen auf etwaige Seminarinhalte bedeckt. Grundsätzlich wird betont: »Wir wollen politisch nicht tätig sein, für Politiker verfasste Vorformulierungen zu einem bestimmten Thema sind reine Serviceleistungen.« Weiter: »In unseren Beratungsrunden sorgen wir nur dafür, dass Politiker nichts Falsches sagen.«

Das Ganze funktioniert ziemlich hervorragend, was unter anderem von der Anzahl der Stern-Lobbyisten in Berlin abgeleitet werden kann – ihre Anzahl ist beträchtlich. Die Idealvorstellung bei Daimlers ist: Pro Politiker ein Stern-Berater.

Richtig, Berater nicht Lobbyist oder Überredungskünstler. In der idealen Vorstellung wurden alle Politiker schon erfolgreich überredet, fahren schon Mercedes, so dass man sich nur noch auf das Beraten – Suchen und Finden von richtigen Antworten für Politiker, die diese dann in Fernsehkameras von sich geben – konzentrieren muss. Dieser Vision nähert man sich heute mit Riesenschritten.

Doch nicht immer waren die Zeiten so schön.

Der absolute Tiefpunkt war jener Fernsehabend, bei Daimlers wurden sechsundzwanzig Herzinfarkte gezählt, an dem Schröder in der Fernsehshow »Wetten dass ...« auftrat. In der Show war er mit einem A 8 von Audi. Selbst Schrempp wurde es schlecht. Erst traute er seinen Augen nicht, als er ihnen traute, das Unfassbare fassungslose Gestalt angenommen hatte, misstraute er seinen Ohren. Schröder bestätigte vor einem Millionenpublikum tatsächlich: »Der Audi ist mein Dienstwagen.«

Mordgedanken kamen auf. Weniger bezogen auf Schröder, das könnte auffallen, bezogen auf die Stern-Lobbyisten in Berlin. “Diese nichtsnutzigen, kreuzdummen, hirnlosen Versager. Die sollen mich kennen lernen«, soll Schrempp noch Tage danach geschrieen haben.

Und sie lernten ihn kennen. Gerüchten zufolge: Laut, bebend und Köpfe rollend. Danach als einer der Ihren, der Lobbyist aller Lobbyisten: Der Oberlobbyist. Schrempp, ganz Führernatur, machte ihnen führend vor, wie Lobbyarbeit zu funktionieren hat. Er lud Schröder ins Sindelfinger Werk, setzte ihn dort vor laufenden Fernsehkameras in einen Mercedes und ließ ihn artig sagen: »Ja, so ein Mercedes ist schon ein tolles Auto.«

Als Schröder abgereist war, tauchten in der Presse Berichte auf, niemand weiß bis heute wie diese zustande kamen, nach denen der Bundeskanzler künftig Mercedes fahren würde. Im Kanzleramt, Schröder war gerade nicht anwesend, zeigte man sich überrascht bis unsicher. Hatte ihr oberster Dienstherr in Sindelfingen einen Mercedes-Kaufvertrag unterschrieben? Freiwillig? Schröder, als er wieder anwesend war, meinte, er könne sich diesbezüglich an nichts bis wenig erinnern. Doch seinem neuen Freund Schrempp könne er nicht gleich wieder eine Audi-Nuss geben. Ansonsten würde der ja nie überhaupt oder zumindest regelmäßig Steuern zahlen. Was tun?

Ein Mitarbeiter in der Telefonzentrale des Kanzleramts erinnerte sich plötzlich, gottlob, irgendwo im Hause einmal einen alten Mercedes gesehen zu haben. Den alten von Helmut Kohl. Eilends wurde eine Pressemitteilung formuliert, die sinngemäß lautete: »Der Bundeskanzler fährt auch einen Mercedes, den seines Vorgängers. Die Finanzierung dieses Modells läuft noch zwei Jahre, so lange wird der Bundeskanzler ihn nutzen. Eine vorzeitige Fahrzeugrückgabe ist nicht möglich, da diese einen erheblichen finanziellen Verlust bringen würde. Der Verlust müsste aus Steuergeldern ausgeglichen werden. Diese Situation möchte der Kanzler den deutschen Steuerzahlern nicht zumuten.«

In der Presse wurde diese Erklärung vielfach abgedruckt. Die Reaktion von Schrempp ist nicht überliefert. Er weilte gerade in den USA. Gesichert ist nur: Der Stern-Konzern zahlt immer noch keine bis sehr wenig Steuern.

Mercedes-Kunden sind manchmal nur sehr schwer zu überzeugen. Ein Beispiel von vielen ist die Akzeptanz von Naturwerkstoffen in einem Stern-Modell.

Naturstoffe im Mercedes: Und die Käfer?

Daimlers sind auch sehr naturverbunden. Deshalb verbauen sie zunehmend Naturmaterialien in ihre Mercedes-Modelle.

Gemeint sind nachwachsende Rohstoffe wie Kokos, Sisal, Hanf und so weiter. Die Naturverbundenheit hat den angenehmen Nebeneffekt, dass die Naturmaterialien im Vergleich zu chemischen oder sonstigen Industrieprodukten kostengünstiger sind – was den Drang zum Natürlichen verstärkt.

Einzug in Stern-Modelle finden die Naturprodukte als Fußmatten, Türinnen- und Türaußenverkleidungen, Bestandteile von Sitzen und Dachhimmeln sowie als Geräusch- und sonstige Dämmstoffe.

Eigentlich eine schöne Sache, doch nicht jeder Mercedes-Fahrer denkt so. Mittels aufwendigen Informationsaktionen müssen sie immer wieder aufs Neue überzeugt werden. Die heutigen Stern-Verkäufer haben sich hierauf eingestellt. Kunden gegenüber sprechen sie von sich aus die Naturstoffe in den Modellen an und räumen somit, möglichst vor der ersten Probefahrt, alle Bedenken aus. Was nicht immer gelingt.

»Ja, und die Käfer?«, fragte einst ein skeptische Mercedes-Kunde den Stern-Verkäufer, der ihm zuvor über eine Stunde die Vorteile der Naturprodukte im Fahrzeug für den Planet Erde erklärt hatte.

»Wie?«, fragte der überraschte Verkäufer zurück.

»Was mache ich, wenn die Käfer kommen? Bieten Sie da ein besonderes Bekämpfungsmittel an?«

»In unsere Autos kommen keine Käfer!«

»Jedes Naturprodukt hat heutzutage auch Schädlinge. Wurden die Schädlinge in den Materialien, bevor diese in den Mercedes eingebaut wurden, beseitigt? Wirklich hundertprozentig?«

»Natürlich, selbstverständlich!«

»Nicht dass sich eines Tages ganze Käferkolonien in meinem Mercedes breit machen.«

»Das wird nicht der Fall sein!«

»Deren Eier auch?«

»Eier?«

»Käfer legen Eier, wussten Sie das nicht?«

»Ja, doch, natürlich«, beeilte sich der Mercedes-Verkäufer zu sagen. »Ich kann Ihnen versichern, nicht nur die Schädlinge selbst, auch deren Eier wurden total zerstört. Vor dem Einbau.«

»Die Eier sind gewöhnlich nur sehr schwer zu beseitigen.«

»Ich kann Ihnen versichern, auch Eier von Schädlingen gibt es in einem Mercedes nicht. Die von uns verbauten Naturprodukte sind hundertprozentig schädlings- und schädlingseierfrei!«

»Haben Sie im Werk spezielle Mitarbeiter, die sich mit der Schädlingsbekämpfung auskennen?«

»Äh, nein, das heißt, ja doch. Sonst wären ja noch Schädlinge und ihre Eier in den Materialien. Da sind aber keine!«

»Und wie sieht es mit den Veränderungen aus?«

Der Mercedes-Verkäufer leicht genervt: »Wenn keine Schädlinge und keine Schädlingseier vorhanden sind, dann kann es auch keine Veränderungen geben.«

»Schon, ich meine das Material. Wird es mit der Zeit dünner, löst es sich irgendwann auf?«

»Äh, nein, warum sollte es das tun?«

»Stellen Sie sich doch einmal eine frisch gemähte Wiese vor. Das gemähte Gras liegt noch auf der Wiese.«

»Gras liegt noch auf der Wiese, ja.«

»Die Sonne kommt, trocknet das Gras, es fällt zusammen. Verstehen Sie?«

»Nein, eigentlich nicht! Ich kann Ihnen ebenfalls hundertprozentig versichern, dass unsere Materialien nicht zusammenfallen.«

»Auch nicht, wenn ich das Auto stundenlang in der Sonne geparkt habe?«

»Ja, auch dann fällt es nicht zusammen! Das Material ist nämlich schon trocken. Es wurde trocken in unsere Autos eingebaut, sozusagen staubtrocken.«

»Staubt es?«

»Nein, das habe ich nur so gesagt. Unsere Materialien stauben nicht!«

»Ich habe Heuschnupfen. Muss ich da etwas befürchten?«

»Nein, von unseren Materialien kann auch kein Pollenflug ausgehen. Überhaupt keine gesundheitsschädigende Reize.«

»Das ist schön. Und wie verhält es sich mit Gerüchen?«

»Alles geruchlos!«

»Für wie lange?«

Der Mercedes-Verkäufer etwas mehr genervt: »Wie für wie lange?«

»Jedes Naturprodukt zersetzt sich irgendwann, beginnt zu modern. Dann stinkt es.«

»Unsere Produkte zersetzen sich nicht innerhalb eines Autolebens. Sie behalten für mindestens zwanzig Jahre ihren tadellosen, einwandfreien Zustand!«

»Und wenn Regen drauffällt?«

»In unsere Autos kommt kein Regen. Unsere Autos sind rundum wasserdicht.«

»Ich kann doch einmal vergessen, das Schiebdach zu schließen. Dann gelangt Regenwasser ins Auto. Und Sie wissen sicherlich, Wasser fördert den Zersetzungsprozess eines jeden Naturstoffs.«

»Nein, nicht bei allen Naturstoffen. Unseren Stoffen kann Regenwasser oder sonstiges Wasser nichts anhaben. Es bleibt unverändert!«

Irritiert schaute der Kunde den Stern-Verkäufer an: »Sonstiges Wasser?«

Der Verkäufer lächelte sarkastisch: »Natürlich, Sie könnten ja mal zufällig in einem Überschwemmungsgebiet geparkt haben. Sie verstehen? Der Fluss tritt über die Ufer und so weiter.«

»Dann habe ich das Auto abgeschlossen. Die Türen sind zu.«

»Natürlich!«

»Ja, und wie soll jetzt das Wasser ins Auto kommen? Sie haben doch gesagt, Ihre Autos sind alle wasserdicht?«

Überliefert ist, dass der Verkäufer auf diese Frage nicht mehr antwortete. Haareraufend und mit irrem Blick rannte er davon.

Nicht überliefert ist, wie sich der Mercedes-Kunde verhielt.

Besitzer eines neuen Mercedes haben es in Sindelfingen schwer. Sie machen drei Kreuze, wenn sie endlich aus der Stadt sind.

Selbstabholer: Tragödien ab Tor 8

In Sindelfingen werden die Autofahrer unterteilt, in solche, die fahren können, und solche, die ein Verkehrshindernis darstellen. Eine Unterteilung wie anderswo auch, doch in Sindelfingen ist die Verhältnismäßigkeit eine andere. In dieser Stadt gibt es, weltweit gesehen, die meisten rollenden Verkehrshindernisse. Tendenz steigend, dank Daimlers. Nicht die Daimlers an sich, die können schon Auto fahren, gemeint sind deren Kunden.

Die Kunden, die Selbstabholer, die ihren neuen Mercedes in Sindelfingen von weit her kommend selbst abholen: Im Kundencenter, Tor 8.

Es sind diejenigen, die sich die Überführungskosten des neuen Stern-Modells zum heimatlich zuständigen Mercedes-Händler sparen, dafür aber Reisekosten und Lebenszeit investieren, um den lieben Neuen erwartungsfroh selbst ab Werk in Empfang nehmen zu können.

Sie reisen nicht nur aus ganz Deutschland an, auch aus dem gesamten kontinentalen Ausland. England und Schottland großzügig mit eingeschlossen.

Für sie alle ist es schon ein erhebender Augenblick, ihr neues Mobil im Sindelfinger Kundencenter erstmals zu sehen. Eigens hierfür haben sie Urlaub genommen, oftmals auf den Jahresurlaub verzichtet, was aber auch mit den Mercedes-Preisen zusammenhängt.

Und dann erst, wenn sie erstmals im Neuen sitzen, alles begutachten: grenzenlose Freude bis Besitzerstolz. Zwei weitere Höhepunkte folgen: Das erste Anlassen des Motors, das allein auf sich gestellte Verlassen des Werksgeländes im neuen Mercedes. Doch soweit ist es noch lange nicht.

Freude bis Besitzerstolz werden getragen von dem Gedanken, dem lieben Mobil gleich eine persönliche Note zu verleihen. Man berührt alles, streichelnd alles, öffnet und schließt alle Öffnungen, betätigt alle Verstellknöpfe, die danach die Kundenberater, so heißen die Daimlers, welche die Fahrzeuge aushändigen, wieder in die Normalpositionen bringen. Irgendwann soll man ja mit dem Auto fahren können. Genauer gesagt: Wegfahren, das Werksgelände verlassen können.

Zur Schaffung der persönlichen Note ist die Anbringung oder Installation von persönlichen Gegenständen ganz wichtig, psychologisch gesehen.

Beispielsweise der Sylt-Aufkleber am Fahrzeugheck. Dieser zeigt die Umrisse der Insel – Sylt ist in, man ist doch wer. Andere Aufkleber zeigen einen Fesselballon, ein Segelschiff, einen Golfschläger, ein Tennisracket, einen Taucher, ein Pferd oder eine Kalaschnikow, je nachdem, für was das Herz des stolzen Neuwagenbesitzers gerade schlägt. Oder was er beruflich, auch nebenberuflich, gerade so macht.

Doch das Heck ist äußerlich. Innerlich, im Fahrzeuginnern, immer vor Augen habend, kommen andere persönliche Merkmale zum Tragen. Angebracht am Ort aller Orte: Unterm Innenspiegel, hängend.

Furchtsame bis Gläubige bringen dort gleich einen Rosenkranz an. Mit Gebet und allem, was dazugehört. Auch die guten Wünsche bezogen auf unfallfreies Fahren, kein Fahrzeugliegenbleiben in einer gottverlassenen Gegend, alles Glück dieser Erde.

Die, die nicht so gläubig sind, bringen ihr Maskottchen an. Hasenpfote, Glückskäfer, Maus, Haarlocke, Elfenbein – kein kompletter Zahn, nur eine aus einem Zahn geschnitzte Figur -, Amulette, erstanden während des letzten Karibikurlaubs mit Voodoo-Seminar. Oder Schühchen von einem oder mehreren nahestehenden Babys bis Kleinkindern.

Ist die persönliche Note verbreitet, beginnt man sich selbst anzupassen. Ein neues Auto braucht neue Kleider. Hierauf hat man sich im Kundencenter eingestellt. Dusch-, Bade- und Umziehmöglichkeiten sind vorhanden. Ebenso Massage- und Ruheraum.

Klar, wer von weit her kommt, zum Beispiel aus Heilbronn, der reist mit Koffern, in alltäglichen Bekleidungen, meist mit der Bahn an. Warum sollte man sich schon für die Bahnhinfahrt schick machen? Bei dem Chaos? Unpünktliche Zugabfahrtszeiten, undurchsichtige Preise, kaum Sitzplätze. Überhaupt, im Zug wird man nicht gesehen, in einem neuen Mercedes schon.

In den Koffern sind die Bekleidungen für besondere bis festliche Anlässe. Man duscht oder badet, zieht sich um, trinkt ein Glas Champagner, auch das ist im Sindelfinger Kundencenter möglich, und bereitet sich mental auf die erste Fahrt im neuen Mercedes vor.

Für diejenigen, die mentale Hilfestellungen brauchen, vor der Abfahrt erst zu sich selbst finden müssen, auch weil sie von dunklen Vorahnungen geplagt werden – »Mit dem neuen Auto fahren, allein, oh Gott, hoffentlich geht das gut!« – ist der Massage- und Ruheraum. Der Masseur ist zugleich oder nebenher auch ein Beichtvater, der Ruheraum zugleich der Praxisraum eines Psychiaters für besonders schwere Fälle.

Der besondere Anlass, einen neuen Mercedes in die Arme schließen zu können, und der bevorstehende Stress, mit diesem allein fahren zu müssen, sprengt bei manchen Menschen das heimlich geplagte Unterbewusstsein ins bereits überbelastete Oberbewusstsein. Die Folge: Der mentale Durchdreher, der geistige Knock-out, das plötzliche Reifsein für die Insel.

Die so vom Schicksal Getroffenen erzählen dem Masseur, der in erster Linie für die Wiedererlangung der körperlichen Fitness zuständig ist, von ihrer Kindheit, den Problemen in der Schule, von allen Nöten und Unwegsamkeiten des täglichen, persönlichen Lebens bis hin zu bestehenden oder sich abzeichnenden Eheproblemen. Der Masseur, geschult und lebenserfahren, wirkt beruhigend. Stets mit dem bewährten Satz: »Das wird sich schon geben.« Manchmal ergänzt mit einem: »Ja, ja.«

Diejenigen, die das nicht glauben, kommen in den Ruheraum mit Psychiaterpräsenz, wo alle Probleme oder Ängste von Grund auf abgearbeitet werden. Diejenigen, die dem Masseur glauben, können den Ruheraum allein nutzen, ohne Psychiater, um über den tieferen Sinn des Satzes – »Das wird sich schon geben» – nachzudenken.

Dieses Verfahren hat sich bestens bewährt. Kein Fall ist bekannt, in dem ein mit mentalen Lasten behafteter Selbstabholer, ob die nun unterbewusst oder bewusst vorhanden waren, die Übernahme des neuen Mercedes sowie die Abfahrt in diesem verweigerte.

Dafür aber sind jede Menge Fälle den Sindelfingern bekannt, in denen Selbstabholer ihre Defizite im Straßenverkehr auslebten.

Täglich kommen neue Fälle dazu.

Eigentlich verständlich bis nachvollziehbar, wenn man bedenkt, dass die verunsicherten bis angsterfüllten Neuwagenbesitzer mit ihrem Neuen allein aus dem Werksgelände fahren müssen, hinaus in die brutale Welt. In den Straßenverkehr mit den vielen rücksichtslosen Rasern, die nicht sehen, dass das ein neues Auto ist, mit dem man ganz anders umgehen oder fahren muss.

Mit den Augen der Selbstabholer alles betrachtet, zeigt sich folgendes, aufgeschlüsseltes Bild:

Die anderen Verkehrsteilnehmer, die Sindelfinger, erscheinen plötzlich anders als der Rest der Autofahrerwelt. Diese Idioten! Die regen sich auf und hupen sogar, wenn man statt des Blinkers nur den Schalter für den Scheibenwischer findet und somit ungeblinkt abbiegen muss.

Überhaupt kein Verständnis, für diese Kleingeister ein Fremdwort, haben sie, wenn man den Motor nicht so hochdrehen möchte. Deshalb nur sehr langsam, behutsam beschleunigt. Bis 30 km/h in der Stadt, bis 50 km/h auf der städtischen Schnellstraße, bis 80 km/h auf der stadtnahen, geschwindigkeitsfreien Autobahn.

Diese zurückgebliebenen Affen, die zeigen einem doch tatsächlich den Vogel. Anzeigen muss man die! Die Autonummern aufschreiben! Geht nicht, muss Auto fahren. Muss aufpassen, bei diesen vielen Blödmännern, sonst passiert Schlimmeres.

Rüpelhaftes Benehmen der einheimischen Neandertaler auch vor Ampeln. Man nähert sich vorsichtig dem grünen Licht, vorsichtig, es kann sich ja schnell ändern, in ein rotes. Wer will schon mit einem neuen Mercedes gleich eine Vollbremsung hinlegen müssen? Niemand!

Deshalb, Voraussicht ist angesagt. Kommt endlich das rote Licht, dann steht man bereits ordnungsgemäß an der Haltelinie. Etwas, was diese Rindviecher hinter einem nicht zu schätzen wissen.

Wieder hupen, wieder zeigen die den Vogel. Diese Nachgeburten! Nicht reagieren, Ruhe bewahren!

Geht auch nicht anders. Meine ganze Aufmerksamkeit und Konzentration brauche ich für das neue Auto. Sollen diese Führerschein-Lotto-Gewinner doch machen, was sie wollen.

Die Ampel schaltet auf Grün. Nein, ich mache keinen Blitzstart! Anfahren, vorsichtig, langsam!

Wieder lautes Hupen. Wieder dieses laute, herzlose Unverständnis bei diesen geistig Unterbelichteten hinter mir. Bleib cool, bleib unbeirrt, wie schon die ganze Zeit – nur langsam.

Eine Autoschlange, auch das noch. Ah, sie rollt noch. Abstand halten, nur nicht zu dicht auffahren! Diese Hirnrissigen vor dir bremsen sicherlich auch grundlos, einfach so. Ist das der Fall, hast du genügend Strecke vor dir, um bequem anhalten zu können.

Was ist das? So ein Gehirnamputierter drängt sich doch glatt dazwischen. Jetzt hupe ich aber! Der soll was erleben!

Wo ist denn die Hupe? Das war wieder der Scheibenwischer, das der Heckscheibenwischer, das der Radiolautstärkeregler, das der Tempomat.

Wer hupt denn jetzt? Wieder diese Blindgänger hinter mir! Natürlich!

Ach so, die Autoschlange hat sich weiter bewegt.

Vorsichtig, langsam anfahren, Abstand halten! Hoffentlich drängt sich nicht wieder so eine Wildsau dazwischen.

Mensch, bin ich froh, wenn alles vorbei ist. Wenn ich aus dieser blödsinnigen Stadt mit all den Deppen endlich raus bin.

Sonnenuntergänge, Sternenhimmel, Schneegestöber, Kaminfeuer, Hochzeitsglocken, lachende Kinder und Enkel, alles perfekt in Szene gesetzt, sollen die Mercedes-Übergabe zum unvergesslichen Erlebnis machen.

Festakt: Die Übergabe des neuen Mercedes

Daimler ist nicht nur Anziehungspunkt für Zulieferbetriebe, sondern auch eine Kreativquelle für neue Geschäftsideen. Ein herauszuhebendes Beispiel bezieht sich auf das Sindelfinger Werk, Kundencenter, Tor 8. Genauer gesagt, auf die dort einkehrenden Mercedes-Selbstabholer.

Fünf junge Sindelfinger, drei männlich, zwei weiblich, haben sich das Treiben im Kundencenter über Monate hinweg ganz genau angeschaut und Mängel festgestellt. Diese beziehen sich nicht auf die mentale Betreuung der auf Wolken oder über Abgründen schwebenden Selbstabholer durch Masseur und Psychiater, sondern auf die mentale Betreuung des eigentlichen, alles auslösenden Akts: Die Übergabe des neuen Mercedes.

Die ist zu nüchtern, zu unpersönlich, zu gewöhnlich.

Die Daimlers, welche die Fahrzeuge samt Schlüssel den angereisten Kunden aushändigen, sagen, indem sie unter hundert Autos auf eines deuten: »Das ist Ihr Neuer. Soll ich Ihnen die Funktionsweisen erklären?«

Es soll schon Kunden gegeben haben, die mit »Nein» antworteten. Nicht weil sie all die neuen Funktionen schon kannten, sondern aufgrund der erschreckend nüchternen Situation oder Atmosphäre. Einfach so, ganz unvermittelt wird gesagt: »Das ist Ihr Neuer.« Wie: Selber Schuld, warum haben Sie sich kein anderes Modell ausgesucht? Oder eine andere Farbe? Oder eine andere Ausstattung?

Die Kunden, die mit »Ja» antworten, sind über die spürbare Nüchternheit natürlich auch erschreckt. Was fatale Folgen hat. Der Auto-Übergeber erklärt ihnen die Funktionsweisen der einzelnen Knöpfe, Schalter und Hebelchen, allein sie hören nicht zu. Können nicht zuhören, sind blockiert. Sind mit ihren Gedanken noch bei der kalt in Szene gesetzten ersten Bekanntmachung mit dem Neuen. Sind noch mitten drin, haben den erlittenen Schock noch nicht verdaut.

Man reist von so weit her an, mit besonders freudigen Gefühlen, dann die kalte Dusche. Wie bei einer Entrümpelung. Der zahnlose, ungepflegte alte Mann zeigt in der großen, unaufgeräumten Halle in die hinterste, zugleich dunkelste Ecke. »Dort steht das Ding, das Sie unbedingt haben wollen. Jetzt nehmen Sie es auch mit und verschwinden Sie möglichst schnell.«

Die Geschäftsidee der jungen Sindelfinger ist eine individuelle. Die Fahrzeugübergabe soll ganz auf die persönlichen Wünsche und Bedürfnisse des jeweiligen Mercedes-Selbstabholers zugeschnitten sein.

Wird eine romantische Übergabe gewünscht, was im Vorfeld abzuklären wäre, empfiehlt sich zum Beispiel das Programm »Sonnenuntergang«.

Der Neue steht vor einer großen Leinwand, auf der per Video großflächig ein Sonnenuntergang, mit Strand im Vordergrund zu sehen ist, von sanftem Wellenrauschen begleitet – zu hören über versteckte Lautsprecher. Vor dem Auto eine Strandlandschaft zum Anfassen, mit echtem Sand und echten Muscheln sowie Plastikeimer und Plastikschaufel.

Programm »Honeymoon» ist für Verliebte und sieht hinter dem Auto einen Sternenhimmel mit Sichelmond und mehreren Sternschnuppen vor. Dazu gedämpfte Musik. Für jüngere Paare feine Gitarrenklänge, für ältere vielleicht das Ave Maria oder Seemannsmelodien. Natürlich sind auch die Wiener Sängerknaben oder die Fischer-Chöre möglich. Davor eine Parkbank mit vielen Büschen daneben. In den Büschen, für jüngere Paare, eine Liege.

Für Heiratswillige, die den neuen Mercedes von irgendwelchen Eltern – Großeltern, Schwiegereltern, Stiefeltern – geschenkt erhalten haben, eignet sich Programm »Gefangen» – eine interne Bezeichnung. Im Hintergrund eine große Kirche, davor eingeblendet zwei Ringe, wie mit einer Kette miteinander verbunden, dazu Glockengeläut. Vor dem neuen Mercedes eine Familienidylle: Vater, Mutter, zwei artige Kinder, je nach Geldbeutel oder zu übergebendem Mercedes-Modell bestehend aus Schauspielern oder aus hergerichteten Dummys aus der Unfallforschung.

Für Senioren eignet sich »Fitness» oder »Richtig schenken«. Bei ersterem läuft ein Film über kahle Bäume im dichten Schneegestöber, dazwischen ein älteres, wanderndes Ehepaar. Dann eine Szene vor loderndem Feuer in einem offenen Kamin. Das Paar eng aneinander gekuschelt, händchenhaltend, verträumt lächelnd, dazu klassische Musik. Vor dem neuen Mercedes diverse Reisekataloge sowie Prospekte von Schönheitsfarmen sowie die Angebote eines Kaminherstellers.

»Richtig schenken» zeigt glückliche Gesichter von jungen Leuten, mit lautem Gelächter akustisch untermalt, die sich bei Oma und Opa immer wieder bedanken. Vor dem Auto der Prospekt: »Schenken Sie Ihren Lieben einen Mercedes.«

Aber eigentlich, das Programm aller Programme trägt den Titel: »Rambo» – es hat nichts mit Jürgen Schrempp zu tun. Auf der großen Wand hinter dem neuen Mercedes läuft ein Film über erfolgreiche und glückliche Karrieristen, von A bis V. Wie sie einst begonnen haben als »Auszubildende» bis zum »Vorstandsvorsitzenden«. Letzteres steht auf einem Schild, das an einer Tür in einem Zimmer – Vorzimmer – mit drei supergestylten Sekretärinnen hängt. Dazu Hardrock, mit fetzigen, einpeitschenden Gitarrensolos, hurrikanartigen Schlagzeugdarbietungen und mit der geilsten Lightshow der Welt.

Vor dem Auto die unabdingbaren Utensilien für Karrieremacher: Schwarzer Aktenkoffer, sehr dunkle Sonnenbrille, hochvergoldeter Ohrring, diamantenbesetzte Rolex, silberner Tintenfüller Marke »Hemingway«, feiner, handgefertigter, goldener Kugelschreiber, dicke Zigarren aus Havanna, langanhaltendes Haargel oder – hängt vom Alter des Karriemöchteaufsteigers ab – sicheres Do-it-yourself-Haarfärbemittel Marke »Schröder«. All dieses Zubehör ist nicht nur zur Hebung der Stimmung bei der Mercedes-Übergabe gedacht, es kann auch käuflich erworben werden.

Das Programm »Rambo» setzen die fünf jungen Sindelfinger aus zwei Gründen auf Platz eins der erhofften Nachfrage: Unter zwanzig Mercedes-Käufern sind neunzehn karrieregeil, sie konzentrieren sich hauptsächlich und ellenbogenhart auf die eigene Karriere. Daimlers im Kundencenter haben mit diesem Programm beste Möglichkeiten, den Grundstein für die kundenorientierte Karrierebegleitung zu legen. Motto: »Zu jeder Karrierestufe den richtigen Mercedes«.

Dieses Motto wurde in den zu sehenden Film geschickt eingearbeitet, überhaupt nicht aufdringlich.

Der Auszubildende ist mit einem Moped zu sehen, an dem das Nummernschild nur mit einer Schraube, schief hängend, befestigt ist. Nach der Ausbildung eine C-Klasse, dann eine A-Klasse für die Freundin. Nach Heirat geht C-Klasse an die Frau, E-Klasse an den Mann, ergänzt mit M-Klasse für die Freizeit.

Als Mann eine Freundin hat, geht neue C-Klasse an sie, SL-Klasse an ihn, M-Klasse an die Ehefrau, damit dieser das Einkaufen der Lebensmittel, überhaupt die Haushaltsführung, leichter fällt.

Obwohl Freundin stellen sich in der Ehe Kinder ein: V-Klasse an Frau, G-Klasse – Cabrio – an Freundin, damit diese sich beruhigt und sie liebt ja so die Natur – Wald und Wiesen, zugleich ideale Rendezvousorte.

Freundin wird zur persönlichen Chefsekretärin: E-Klasse – Cabrio – an sie, S-Klasse an ihn, neue V-Klasse mit Anhängerkupplung an Frau. Mit der Anhängerkupplung ist sie in der Lage, die Steine für das eigene Haus selbst heranzuholen.

Freundin und Chefsekretärin, in die Jahre gekommen, findet endlich einen Mann, kündigt und geht. Eine sportliche Zwanzigjährige rückt nach: Mercedes-Fahrrad-Klasse an sie, Frau ist mit V-Klasse nach wie vor glücklich, das Haus hat sie fast fertig gebaut. Maybach mit den Anfangsbuchstaben des eigenen Namens und der Zahl »1» dahinter an ihn.

Auch von den Kunden selbst angefertigte Filme können gezeigt werden. So ist es zum Beispiel kein Problem, wenn Erben nochmals die auf Leinwand gebannte Beerdigung des Onkels sehen wollen, dem sie den neuen Mercedes zu verdanken haben.

Ebenso sind besondere Szenarien hinsichtlich liebster Tätigkeiten klar denkbar. Beispiel Politiker: Vor dem Neuen – ist mit einem großen, weißen Tuch bedeckt – steht ein Rednerpult, so dass der Politiker staatsmännisch zu den Daimlers im Kundencenter sprechen kann. Wortreich und ausführlichst bedankt er sich bei diesen für deren Mühen. Erklärt ihnen ihre Bedeutung für den Staat und die Welt.

Danach folgt die Enthüllung des Neuen, des neuen Mercedes. Das Wegziehen des weißen Tuchs unter Trommelwirbel sowie der Eintrag ins Goldene Buch der Selbstabholer.

Sicher, das eine oder andere Programm ist noch verbesserungswürdig, die fünf jungen Sindelfinger feilen deshalb noch.

Unabhängig davon sind sie mit der Sindelfinger Werksleitung in intensive Gespräche hinsichtlich gangbarer Umsetzungen verwickelt.

Eine Entscheidung ist noch nicht gefallen.

Die Zier auf der Mercedes-Motorhaube ist ein begehrtes Souvenir, in manchen Ländern sind sogar gutstrukturierte Stern-Klaubanden unterwegs. Ihnen wollte man das Handwerk legen. Motto: Wer einen Stern haben will, der muss das komplette Auto klauen.

Der Verkaufshit Nr. 1: Der Stern

Das bei Daimlers am meisten gefragte Ersatzteil ist der Stern. Der stehende Stern auf der Mercedes-Motorhaube, den man mit wenig Geschick und mit mehr Gewalt aus der Verankerung drehen kann. Tatsächlich wird dort viel gedreht, vor allem in östlichen und südlichen Ländern. Der Grund hierfür ist ein vielfältiger.

Vielleicht etwas Neid. Da ist ein Bonze mit so einem dicken Auto, der ist nicht allein auf der Welt, ich habe nichts, der muss etwas abgeben.

Denkbar auch die Sammlerleidenschaft. Gesammelt wird, was nicht niet- und nagelfest ist.

Vorstellbar sind auch Image- und Schmuckgründe. Das Image des guten Sterns und das Image gegenüber Freunden, ich habe solch einen guten Stern, lassen die Zier an so mancher Mercedes-Motorhaube sicherlich ebenso verschwinden.

Und damit ein jeder den neuen Besitz bewundern kann, wird er zur Schau gestellt. Manchmal um den Hals, öfters am Hinterradblech eines Mopeds, am Heck eines Fahrzeuges – Opel oder Ford –, im Fahrzeug auf dem Armaturenbrett oder baumelnd unterm Innenspiegel.

Der Stern-Klau ist tatsächlich ein großes Problem. Mercedes-Lenker, die den Stern nicht mehr vor Augen haben, sind orientierungslos. Auch ihr Selbstwertgefühlt ist weg.

Sie fragen sich: »Was für ein Auto fahre ich eigentlich? Das ist aber eine Krücke!«

Ist der Stern wieder dort, wo er sein soll, weiß der Fahrer, auch wenn das Auto quietscht und poltert: »Ah, ein Mercedes! Natürlich, ich bin ein Mercedes-Fahrer!« Und da ein Mercedes niemals quietscht und poltert, müssen das irgendwelche Außengeräusche sein.

Die Daimlers haben sich auf den Stern-Klau eingestellt, die eigentlichen Daimlers sowieso, die Kunden größtenteils auch. Wenn sie gegen Osten oder Süden fahren, nehmen sie gleich eine ganze Stern-Kollektion mit. Fehlt die Motorhaubenzier, wird sie sofort durch eine neue aus der Kollektion ersetzt.

Es wurden aber auch schon Leute beobachtet, welche die Sterne verschenkten, im Osten und im Süden. Die Rede ist von Leuten, die in Deutschland einen Mercedes fahren, deshalb nichts bis wenig zu essen haben und in einer Hundehütte schlafen müssen. Um fernab derartige Begleitumstände besser verbergen zu können, als reiche oder zumindest wohlhabende Mercedes-Onkels zu gelten, verschenken sie Sterne.

Mit der angenehmen Folgeerscheinung, dass man ihnen ein akzeptables Dach über den Kopf gewährt, dazu gutmundende Speisen serviert. Wer möchte es sich schon mit dem Erfolgreichen aus Deutschland verderben? Diese Beziehung kann einem sicher irgendwann nützlich sein!

Daimlers in den Entwicklungsabteilungen haben jüngst eine perfekte Lösung gegen den Stern-Klau gefunden. Dies allerdings erst nach einigen Irrungen.

Ursprünglich präsentierten sie eine Technik, nach der Stern und elektronische Wegfahrsperre miteinander verbunden waren. War kein besonderer Hit. Als die Motorhaubenzier weg war, waren Mercedes-Fahrer auch in anderer Hinsicht außer sich: Sie mussten bleiben, wo sie waren, konnten dank aktivierter Wegfahrsperre nicht wegfahren.

Dann wurde das akustische Warnsignal, das Diebe des kompletten Autos in die Flucht schlagen sollte, mit dem Motorhaubenstern gekoppelt. War auch nicht der Hit.

Schon geringste Berührungen lösten das Warnsignal aus: Lange, laute Hubszenarien, die vor allem nachts störten. In fernen Ländern sind während der Nachtstunden bekanntermaßen viele Lebenskünstler unterwegs, die sich – schwankender Gang – auch ab und zu irgendwo festhalten müssen.

Die Folge der vielen, unbegründeten Hubszenarien: Niemand kümmerte sich darum, die Alarmsignale wurden nicht ernst genommen. Wer schlief, dreht sich um und schlief weiter.

Das wiederum hatte zur Folge, dass die Rate der geklauten Sterne rapide zurückging, die Rate der geklauten Stern-Autos aber rasant stieg.

Hoffnungsfrohe Nachrichten kamen einst auch aus der Stanzabteilung bei Daimlers. Vorgeschlagen wurde, jeden Stern mit einer Identifikationsnummer zu versehen, diese einzustanzen, was Diebe abschrecken und die polizeiliche Aufspürarbeit erleichtern sollte. Wurde ein Dieb überführt, konnten die bei ihm gefundenen Symbole an die rechtmäßigen Besitzer zurückgegeben werden.

Dieser an sich gute Vorschlag wurde ad acta gelegt, als die Polizei mitteilte, sie sei eh schon an der Grenze ihrer Belastbarkeit. Sich nicht auch noch um solche kleine, nicht sonderlich werthaltige Details und deren Rückgabe an Eigentümer kümmern könnte.

Überhaupt, so die Gesetzeshüter, eine eingestanzte Stern-Kennzahl, die womöglich noch mit der Kennzahl des Mercedes-Modells korrespondiert, hätte nie und nimmer eine abschreckende Wirkung. Im Gegenteil, Diebe und Sammler würden alles dransetzen, damit sie von jedem Fahrzeug-Modell mindestens ein Stern-Zeichen ihr eigen nennen können.

Auch das Entstehen von Tauschbörsen wäre nicht auszuschließen: Tausche drei C-Klasse-Sterne für einen S-Klasse-Stern.

Die jüngst von den Entwicklungsabteilungen präsentierte, perfekte Lösung ist eine Weiterentwicklung der Idee, das Ziersymbol mit der kompletten Motorhaube zu verankern, so dass derjenige, der den Stern wollte, dies nur unter Mitnahme der Motorhaube verwirklichen konnte.

Obwohl die Haube groß und sperrig ist, deshalb nur schlecht unterm Mantel zu transportieren, baute man diese Idee kurz vor der Daimler-internen Präsentation aus, vernetzte den Stern mit dem kompletten Auto. Das heißt, das sternförmige Symbol, ein unablösbarer Teil des Gesamtfahrzeugs.

Diese Lösung wurde favorisiert, weil die Polizei auf Anfrage mitteilte, dass sie mit der Rückgabe von Motorhauben an deren Besitzer ebenfalls überfordert wäre. Übrigens, gleiche Überforderung besteht bei der Eigentumsrückgabe von komplett gestohlenen Fahrzeugen. Doch aufgrund eines internationalen Abkommens müssen sich die Gesetzeshüter dieser Überforderung stellen.

Wie der Stern mit dem Gesamtfahrzeug verankert ist, darüber äußern sich Daimlers nicht: Konzerngeheimnis. Doch das ist nicht weiter tragisch.

Gestern wurde auch diese Lösung vom Konzernvorstand verworfen. Leider ohne Angabe von Gründen.

Aber etwas sickerte durch. Kleine Mosaiksteinchen, die, zusammengesetzt, folgende Aussage ergeben:

»Warum sollen wir den Stern-Klau unterbinden? Immerhin, an diesem Klau verdienen wir sehr gut. Will ein Mercedes-Fahrer einen oder mehrere neue Sterne, muss er dafür bezahlen. Auf den Sternen haben wir eine Superrendite. Überhaupt, jeder Stern, einerlei ob auf einem Mercedes, an oder in einem dieser Billigfahrzeuge oder als Schmuckstück um einen Hals, fördert unser Image, unsere Bekanntheit und auch die Identifikation mit der Marke. Keine schlechte Sache, oder?«

Bei jeder Sache gibt es eine Pro- und Contraseite. Somit hat auch der separate Verkauf des Stern-Symbols zwei Seiten.

Der Mercedes fürs Nachthemd

Beim Mercedes-Zeichen gibt es auch eine Schattenseite. Ausschließlich bedingt durch den separaten Verkauf des Symbols. Manche Käufer nutzen das Zeichen anders wie von Daimlers gedacht. Das Ergebnis: Weltweit sind immer mehr Fahrzeuge mit Stern unterwegs, die keine Stern-Fahrzeuge sind oder keine sein dürfen.

Die Rede ist von Autobastlern bis Tunern.

Sie sind in zwei Lager zu unterteilen: Diejenigen, die irgendein Automodell, zum Beispiel einen Opel, so umbauen, unkenntlich machen, dass die markenbezogene Herkunft nicht mehr feststellbar ist. Zumindest nicht auf den ersten Blick.

Ist dies erreicht, bringen sie an ihrem Gefährt einen Stern an, ganz normal gekauft, was ja möglich ist, und sonnen sich im Lichte des besonderen Interesses der Mitmenschen. Die meinen, einem Mercedes-Sondermodell zu begegnen, vielleicht sogar einem geheimen Testmodell: Einem Erlkönig.

Das andere Lager konzentriert sich auf die Verbesserung der regulären Mercedes-Modelle. Sie spendieren den Motoren mehr Leistung, den Fahrwerken bessere, sportlichere Abstimmungen, einhergehend mit dynamischeren Felgen und Reifen, den Karosserien den letzten, optischen Pfiff.

Besonders diese von einem bestimmten Kundenkreis, zu ihm gehören nicht die Ärmsten, durchaus geschätzten Verbesserungen stoßen bei Daimlers auf Unverständnis bis Ablehnung. Sie vertreten die Meinung, aus Sicht der Tuner eine engstirnige, die Mercedes-Modelle seien schon optimal. Keine Verbesserungen seien somit möglich, nur noch Verschlimmbesserungen.

Doch die Tuner sind hartnäckig, glauben an ihr segensreiches Wirken. Machen deshalb weiter.

Hartnäckig sind auch die Daimlers. Sie verbieten denen, die an das realisierte Optimum der Stern-Fahrzeuge nicht glauben, deshalb selbst optimal Hand anlegen, den Stern. Das heißt, die von Tunerhand verbesserten Fahrzeuge dürfen nirgendwo mit einem Stern versehen sein.

Eine Maßnahme, die eigentlich nichts bis wenig bringt.

Die Tuner halten sich an diese Vorgaben, zumal sie juristisch dagegen keine Chance haben. Das wissen sie, somit übergeben sie ihre optimierten Mercedes-Modelle an ihre Kunden blank, separat neben dem Fahrzeugschlüssel allerdings jede Menge Sterne. Die können die Kunden dann selbst an den Fahrzeugen anbringen.

Dagegen können Daimlers nichts machen. Die Tuner wissen warum. Zum einen sei die Beweislage schwer – Daimlers sind in der Regel bei solchen Übergaben nicht anwesend –, zum anderen könnten die Kunden selbst die Sterne gekauft haben. Und gegen die Kunden selbst würden Daimlers wegen eines möglichen Stern-Missbrauchs nie und nimmer vorgehen.

Die Erkenntnis der Autotuner: »Zu uns kommen jede Menge Leute, die zu Hause irgendwo eine Ölquelle haben. Obwohl sie immer im Nachthemd erscheinen, sind sie dank des Öls nicht gerade arm.«

Und genau das, die nichtvorhandene Armut dieser Kunden, meist auch Besitzer von diversen Daimler-Aktien, schreckt Daimlers davor ab, gegen jene, wenn sie denn mit dem Stern am Tunerauto herumfahren, etwas zu unternehmen.

Zurückhaltung auch, weil dieser Kundenkreis daneben sehr oft und in beträchtlicher Vielzahl reguläre Stern-Fahrzeuge besitzt, fürs Personal – Kindermädchen bis Köchin. Wer will solche potentielle Kunden mit einem neckisch-juristischen Symbol-Geplänkel schon vergraulen?

Die Sache mit dem Nachthemd sehen die Tuner auch ganz pragmatisch bis geschäftsfördernd.

Sie meinen: »Mit so einem langen Hemd kann man keine große Schritte machen, da fällt der Einstieg in einen normalen Mercedes schon schwer, gottlob. Hiervon profitieren wir. Die Stern-Autos legen wir einfach etwas tiefer, schon ist der Einstieg für diese Herren kein Problem mehr. Hoffentlich ändert sich deren Mode nie.«

Immer wieder stehen bei Daimlers Entlassungen an, aus rationellen, betriebswirtschaftlichen bis zukunftssichernden Gründen. Unternehmensberater bereiten die Entlassungen vor.

Blutig: Entlassungen in der mittleren Führungsebene

In schöner Regelmäßigkeit tauchen bei Daimlers Vertreter einer großen Unternehmensberatungsgesellschaft auf: Sie sollen auf Geheiß des Vorstands nach dem Rechten sehen. Im Konzern kontrollieren, ob alles richtig läuft. Dies ist notwendig, da die Vorstandsmitglieder aus Zeitgründen nicht selbst nachsehen und nachkontrollieren können.

Eigentlich wollen sie es auch nicht, denn derartige Tätigkeiten sind in der Regel mit nervigen Entlassungen verbunden – diejenigen, die entlassen werden, nerven durch Uneinsichtigkeit bis Beschimpfungen. Da braucht man einen Puffer dazwischen, die Unternehmensberater.

Entlassungen seien immer wieder mal notwendig, würden sich allein schon aus dem betriebswirtschaftlichen Leitsatz ergeben: »Dynamik und Wachstum sind nur mit Veränderungen möglich.« Dynamik und Wachstum heißt: Mehr Arbeit. Änderungen: Mit weniger Leuten.

Das Ritual ist immer gleich. Die Unternehmensberater eilen durch die Räume und Hallen, beraten dabei niemanden, schreiben nur auf, was sie sehen und hören. Dann setzen sie sich an einen großen Tisch, fassen alle Niederschriften zusammen und überlegen, wie viele Daimlers entlassen werden können.

Dies ist eine sehr wichtige Überlegung, denn je mehr Daimlers entlassen werden können, je größer die Zahl ist, die man dem Vorstand vorschlägt, desto erfolgreicher ist ihre Arbeit. Desto höher auch das Honorar. Dies zumindest meinen überaus viele Daimlers.

Steht die Zahl, wird überlegt, wen man entlassen kann. Welchen Abteilungsleiter, welche Daimlers in welchen Abteilungen, Projektgruppen und so weiter.

Bewährt hat sich auch der Vorschlag, von den Beratern an den Vorstand herangetragen: »Entlassen Sie möglichst eine komplette Ebene. Machen Sie dadurch den Konzern schlanker.«

Der Vorstand liebt derart tief einschneidende Maßnahmen. Sie zeugen von einer ungeheuren Tragödie bis Dramatik, »die wir gemeinsam durchstehen müssen«, so alle Vorstandsmitglieder in voller Einstimmigkeit. Gemeinsam etwas Hartes durchstehen, das verbindet, schweißt zusammen: »Wir Teufelskerle.«

Überhaupt, schlank sein ist heute gefragt. Bei Menschen und Konzernen.

Es gibt bei Daimlers eine Arbeitsebene, auf der wird ausschließlich gearbeitet, und eine Vorstandsebene, auf der wird nur vorgestanden. Dazwischen sind mehrere Führungsebenen, von denen herunter die Arbeitsebene geführt wird. Nach einer internen Hochrechnung, niemand weiß es genau, ist das Verhältnis 23 zu 1 – 23 Führungsebenen, ohne Vorstandsebene, eine Arbeitsebene.

Die beliebteste Entlassungsebene ist die mittlere Führungsebene, was immer wieder viele, meist betroffene Daimlers erbost.

Ihr Argument: »Im Vergleich zu den anderen Ebenen führen wir am meisten.« Sie fordern, wenn schon Entlassungen, dann schon diese auf höheren Ebenen vorzunehmen. Beispielsweise in den Ebenen 12 bis 16.

Die Aufgaben dieser Ebenen sind, von oben nach unten betrachtet – Führung sollte immer von oben nach unten erfolgen:

Führungsebene 16: Daimlers dort erhalten Anweisungen von der übergeordneten Ebene, die sie lesen und mit ihren Stellvertretern, Mitgliedern der Ebene 15, besprechen. Die Gesprächsergebnisse werden von den Stellvertretern ihren Stellvertretern, Mitgliedern der Ebene 14, mitgeteilt. Diese wiederum informieren die nächst untergeordnete Ebene, ihre Assistenten – Ebene 13. Die Assistenten versuchen die Gesprächsergebnisse in Führungsaufgaben umzuwandeln. Erarbeiten hierzu Vorschläge, die mit der nächsten Führungsebene darunter, Nummer 12, bestehend aus Referenten – intern oft als Sekretäre der Assistenten bezeichnet – besprochen werden.

Diese Gesprächsergebnisse beinhalten oftmals klare Anweisungen für Führungstätigkeiten, welche die nachfolgenden drei Führungsebenen – 11 bis 9, sie gehören allesamt der mittleren Führungsebene an – zu erledigen haben.

Die Daimlers, die Entlassungen auf den Führungsebenen 12 bis 16 fordern, um auf Ebenen darunter nicht selbst entlassen zu werden, müssen sich die vorwurfsvolle Frage gefallen lassen – gestellt von Daimlers der höheren Ebenen: »Wollen Sie die lebenswichtigen Kommunikationswege im Konzern unterbrechen? Auf nichts anderes zielt Ihre Forderung!«

Während sie überlegen, was sie antworten könnten, kommt der Hinweis: »Das ist äußerst konzernschädigend.«

Nur zur Ergänzung: Den Hinweis auf äußerste Schädigung des Konzerns hören ebenso Daimlers, die fordern: »Man könnte doch auch einmal überlegen, welches Vorstandsmitglied überflüssig ist?«

Die Entlassungen selbst werden vom Vorstand vertreten, gegenüber den Betroffenen. Klar, das ist harte Männerarbeit, einhergehend mit dem Ruf, harte Sanierer zu sein. Wenn es auch nichts zu sanieren gibt, doch der Ruf, dieses Image, ist nicht schlecht. Harte, kompromisslose Kapitäne im rauen Wind – von der Klimaanlage verursacht.

Manchmal teilen sie den Betroffenen die schlechte Nachricht außerhalb des Konzerns mit – in der Barockstadt Ludwigsburg beispielsweise, Hauptsache das Ambiente stimmt.

Überhaupt meinen die Vorstände, Entlassungen vertreten ist immer noch besser, als die auszusuchen, die entlassen werden sollen.

Vertreten heißt auch den unschuldigen Satz vortragen: »Die neutralen Jungs von der Unternehmensberatungsgesellschaft haben die Entlassungen aus ganz pragmatischen Gründen, welche das Bestehen des Konzerns auch im siebten Jahrtausend sichern, empfohlen. Da ist alles ganz korrekt zugegangen.«

Dahinter kann man sich verstecken. Ebenso behaupten: »Wenn es nach uns ginge, dann müssten diese Entlassungen nicht sein. Leider geht es nicht nach uns. Es geht nach dem Konzern. Um seine Rolle und Bedeutung im Markt, die auch in der Zukunft gesichert sein müssen.«

Einmal fragte ein Betroffener: »Geht es dem Konzern schlecht? In der Autosparte werden doch ganz beträchtliche Gewinne eingefahren, oder nicht?«

Ein Vorstandsmitglied: »Das ist richtig, die Autosparte läuft recht zufriedenstellend. Doch wir müssen uns auf die Zukunft vorbereiten.«

»Wie sieht die denn aus?«

»Das kann ich Ihnen nicht sagen. Ich bin kein Prophet.«

In Universitäten und Fachhochschulen finden Daimlers ihre Führungskräfte von morgen. Doch bis es soweit ist, bis jemand Führen nach Kräften darf, muss er ein hartes Ausbildungsprogramm durchlaufen.

Die harte Ausbildung zur Führungskraft

Ausbildungsplätze bei Daimlers sind heiß begehrt, aus zwei Gründen: Man verdient auch als Stift nicht schlecht, man lernt sogar als Stift etwas.

Eigentlich sagen sie sogar bei Daimlers nur noch selten Stift: Lehrlinge heißen die jungen Leute, die einen eher handwerklichen Beruf erlernen. Auszubildende, die eher einen Schreibtischberuf anstreben, Trainees, die eine führende Schreibtischtätigkeit eines Tages auszuüben gedenken.

Während die Interessenten für Lehrlings- und Auszubildendestellen zu Daimlers kommen, gehen Daimlers zu den möglichen Interessenten für Traineeplätze und bitten diese, sich zu bewerben. Die Rede ist von Bonding-Messen in Universitäten und Fachhochschulen: Veranstaltungen, auf denen Studierende für eine Karriere bei Daimlers Blut lecken sollen.

Die, die Blut geleckt haben, müssen im Rahmen ihrer Ausbildung mehrere Abteilungen durchlaufen. Lernen, wie und was in den einzelnen Abteilungen gearbeitet wird. Das Trainee-Lernprogramm ist standardisiert, nur wer das Programm einer Abteilung schafft, kommt in die nächste. Die schwierigsten Prüfungen sind gleich zu Anfang zu absolvieren: In der ersten Abteilung.

Unter den schwierigen Prüfungen ist die schwierigste: Das Öffnen einer Sektflasche, ohne dass dies im benachbarten Bürozimmer gehört wird. Es darf auf keinen Fall passieren, dass die Daimlers aus dem Nachbarzimmer kommen und mittrinken wollen. Was auch blöd wäre, da in der Regel nur fünf Flaschen zur Verfügung stehen – die Tagesration. Das geräuschlose Öffnen ist deshalb so brutal schwierig, weil es bei Daimlers ein recht sonderbares Phänomen gibt: Auch kleinste Öffnungsgeräusche von Sektflaschen durchdringen dicke Wände und dicht geschlossene Türen. Selbst sehr sensible Fahrzeugakustiker, die in Hochtönen messen, kamen diesem Phänomen nicht auf die Spur.

Weitere Prüfungen mit höchsten Schwierigkeitsgraden sind: Das Organisieren von Lachs- und Shrimps-Sandwichs zum Sekt.

Auch hier ein Phänomen: Gerade wenn diese Sandwichs anrollen, halten Daimlers benachbarter Büros Treffs in den Bürogängen ab. Logisch, dass sie der Sandwichroute folgen. Bewährte, unerkannte Transportmittel sind hier: Aktenordner, Papierkörbe und Kaffeebehältnisse – zu Kaffeepartys kommt niemand, die sind out.

Auch das Geschick oder die Diplomatie am Telefon wird geprüft. Ruft die Ehefrau des Abteilungsleiters an und ist dieser gerade in einer wichtigen Besprechung mit seiner Sekretärin, muss der Trainee für kompetente Unterhaltung via Telefon sorgen. Einen Text sagen wie zum Beispiel: »Ich bin ein Trainee, arbeite gern für Ihren Mann, er ist ja so vielwissend, hilfsbereit und entgegenkommend. Da kann ich, noch ein junger, unerfahrener Mensch, nur lernen.«

Will die Ehefrau wissen, wie jung und unerfahren er ist, beispielsweise bei einer Tasse Kaffe bei ihr zu Hause, hat der Trainee seine Prüfung nicht bestanden.

Gleiche Situation, Abteilungsleiter arbeitet mit seiner Sekretärin hinter verschlossener Tür: Der Vorgesetzte des Abteilungsleiters ruft an. Vom Trainee wird ein Text erwartet wie: »Mein Chef ist gerade im Werk unterwegs, schon zum dritten Mal, er arbeitet wie verrückt. Wann kann er Sie zurückrufen?« Wichtig bei der zu vereinbarenden Rückrufzeit ist: Der Abteilungsleiter muss bequem Zeit haben, die Konferenz mit der Sekretärin beenden zu können.

Gleiche Situation, Abteilungsleiter arbeitet mit seiner Sekretärin hinter verschlossener Tür: Nach Ehefrau und Vorgesetztem rufen die erste, zweite und dritte Freundin des Abteilungsleiters an. Vom Trainee wird jedes Mal erwartet: »Leider kann ich Sie mit meinem Chef nicht verbinden, er fühlt sich gerade nicht wohl. Er ist beim Betriebsarzt.«

Diese Aussage hat zum Ergebnis: Abteilungsleiter wird während der verbleibenden Stunden des Tages von mehreren Seiten liebevoll und einfühlsam versorgt.

Nur Trainees, die derart harte Prüfungen mit Bravour bestehen, haben bei Daimlers die Chance, eines Tages in einem Vorstandsessel zu sitzen.

Lebenslanges Lernen gilt auch für die Vorstände bei Daimlers. Und für ein Vorstandsmitglied der Deutschen Bank. Darauf machte sie ein Universitätsprofessor aufmerksam.

Ein Würzburger Professor deckt Lücken auf

Eine Zeit lang war das Vorfeld von Aktionärgroßversammlungen, von Hauptversammlungen bei Daimlers nur von einer Frage beherrscht: Kommt er oder kommt er nicht?

Gemeint war ein rühriger Universitätsprofessor aus Würzburg, der von sich behauptet, etwas von Betriebswirtschaft zu verstehen. An diesem seinem Wissen ließ er Stern-Vorstandsmitglieder und andere – unter anderem den Vertreter der Deutschen Bank namens Hilmar Kopper – während der Hauptversammlungen gewöhnlich sehr gern teilhaben.

Die so an sich freundlich Bedachten schätzten dies nicht sonderlich. Sie meinten, selbst genug von Betriebswirtschaft zu verstehen.

Doch ein Universitätsprofessor ist ein Universitätsprofessor, getrimmt auf die Weitergabe von Wissensinhalten an Studenten, auch an Störrische, Uneinsichtige, Minderbegabte und Besserwissende – er gab nicht auf.

Aus zwei Gründen: Bisher wurde er jedes Mal mit störrischen, uneinsichtigen, minderbegabten und besserwissenden Studierenden fertig, in den Stern-Vorstandsmitgliedern sowie in dem Deutschen-Bank-Vertreter sah er Studierende. Das heißt, er wusste schon, dass diese Manager in Führungspositionen waren, doch hinsichtlich deren betriebswirtschaftlichem Wissen stufte er sie als Noch-Studierende ein: Erstes Semester.

Der Professor setzte alles daran, dass die Vorstände samt Bankvertreter zumindest das Vordiplom schaffen konnten. So stellte er ihnen während den Hauptversammlungen viele Fragen, alle abgeleitet aus dem Handbuch für Allgemeine Betriebswirtschaftslehre.

Es war ein Trauerspiel.

Die Befragten, die durchweg meinten, schon genug aus diesem Handbuch zu wissen, wussten die Antworten nicht oder nur teilweise. Dagegen wusste ein Großteil der über vierhundert anwesenden Aktionäre die Antworten. Was wiederum die Befragten in Frage stellten.

Der Professor, ein harter Dozent – »Nur durch Offenlegung von Wissenslücken weiß der Studierende, wo er steht, kann die Lücken schließen!« – hielt mit seiner Meinung bis Kritik nicht hinterm Berg. Er stellte den Vorstand-Daimlers und dem Bankenvertreter schlechte Zwischenzeugnisse aus und befahl, dass sie das Handbuch nochmals durcharbeiten sollten.

Das hatten die so Gescholtenen nicht erwartet. Sie meinten, der Professor sei mit ihnen viel zu streng umgegangen. Auch unfair wäre er gewesen. Hätte ihnen viel zu schwierige Fragen gestellt. Wenn dieser meinte, dass sie erst im ersten Semester seien, dann hätte er ihnen keine Fragen, die man Studenten im achten Semester stellt, vorlegen dürfen.

Darüber hinaus fühlten sie sich blamiert. Die Wissensabfragesituation hatten gleich mehrere Fernsehanstalten dokumentiert. Welche Studierenden wollten schon, dass ihr Nichtwissen während einer Prüfung universitätsweit – hier weltweit – publik wurde?

Man sann auf Abhilfe. Nicht Rache, nein, Abhilfe. Eben so wie es Studierende tun, die wissen, bei diesem und jenem Professor haben wir eh keine Chance. Um durch die Prüfung zu kommen, müssen wir uns etwas anderes einfallen lassen. Lernen reicht da nicht.

Nach Wochen des Nachdenkens, des intensiven Überlegens fand man die Lösung. Die Hauptversammlungen fanden nicht in der Würzburger Universität, sondern weit entfernt, in Räumlichkeiten statt, für die Daimlers bezahlten. Somit habe man doch das Recht, den Zutritt zu diesen Räumlichkeiten dem Professor verwehren zu können – nicht wahr? Ein führender Rechtswissenschaftler, fertig studiert, auch Universitätsprofessor, bestätigte dies.

Von dem Recht machte man Gebrauch. Der strengen bis vermeintlich ungerechten Würzburger Universitätslehrkraft und den Fernsehanstalten – ein Aufwasch – wurden Hausverbote erteilt.

Seither rätseln viele Daimlers, die dem Auftreten des fränkischen Lehrkörpers durchaus etwas abgewinnen konnten, inwieweit dieser mit seiner Semestereinstufung der Vorstände Recht hatte. Oder ob er nicht doch etwas zu streng war.

Die Daimlers, die aus konzern-betriebswirtschaftlicher Sicht und auch sonst mit Chrysler nichts anfangen können, meinen: »Er war nie und nimmer zu streng. Dieser Professor hat einfach nur Recht.«

Zwischenmenschliche Beziehungen werden durch die Bildung von Projektteams gefördert. Dadurch sind bessere und länger anhaltende Arbeitsleistungen möglich.

Projektteams: Liebe am Arbeitsplatz ohne Viagra

Die Ergebnisse der Studie »Liebe am Arbeitsplatz« blieben auch Daimlers nicht verborgen. Genauer gesagt, der Personalabteilung bei Daimlers in Stuttgart nicht. Besonders folgende Feststellungen stießen auf großes Interesse: Schöne sowie sich sympathisch findende Menschen, die in einem Raum oder in einer Abteilung zusammenarbeiten, arbeiten mehr, sind insgesamt fitter und leistungsfähiger, erduldsamer, zugleich bescheidener, protestieren, keifen und zetern nicht gleich. Auch bei ausbleibenden Erhöhungen des Monatsverdiensts nicht. Überstunden sind für sie normale Arbeitsstunden.

Man kann sagen, diese Leute – ganz im Sinn des Arbeitgebers – haben Flügel, in ihren Adern fließt Red Bull.

Dies alles unter einer Voraussetzung: Die schönen, sich sympathisch findenden Menschen sind so genannt normal: Männer lieben Frauen, Frauen lieben Männer – heterosexuell.

Probleme wurden bei gleichgeschlechtlich Hingezogenen, unabhängig vom Geschlecht, festgestellt. Wenn sie Augen auf nicht gleichgeschlechtlich Orientierte werfen, was häufig zu Miss- und Nichteinverständnissen führt, worunter auch die Harmonie am Arbeitsplatz leidet. Nicht selten ist sogar Krieg die Folge.

Werfen so genannte Normale Augen aufeinander, kommt es zu engeren oder gar überhaupt zu Verhältnissen. Dies sei weiteres nicht schlimm – im Gegenteil. Die am Arbeitsplatz Zusammengefundenen seien dem Arbeitgeber für die Schaffung der Zusammenbringmöglichkeit – früher: Verkuppelung oder Kuppeldienst – besonders dankbar. In solchen Fällen würden die Interessen des Arbeitgebers auch die Familienplanungen bestimmen. Sie schwanger, nur wenn der Arbeitgeber es verkraften kann, eine vorübergehende Vertretung vorhanden ist. Nach Schwangerschaft: Vertreibung der Vertretung, sofortige Wiederaufnahme der Arbeit.

In der Personalabteilung in Stuttgart wurde sehr intensiv überlegt, wie man die Studienergebnisse umsetzen konnte. Gerüchten nach, leider gibt es nur Gerüchte, wurde sogar monatelang überlegt. Alles lief als strenge Geheimsache. Irgendwie verständlich, welcher schöne Daimler wollte schon wissen, dass scinc schöne Daimlerin ihm von oben herunter, von der Personalabteilung über den Bereichs- oder Abteilungsleiter, zugeführt wurde? Geplant, nach System?

Erste Überlegungen konzentrierten sich auf: Wie definiere ich schön? Wie finde ich gutaussehende Daimlers und Daimlerinnen? Wie kann ich sie zusammenbringen, damit sie sich gegenseitig zumindest sympathisch finden und die daraus resultierenden Positivreaktionen an den Tag legen?

Eine Kommission wurde gegründet. Natürlich, eine geheime, da ja auch die Angelegenheit geheim war. Diese definierte »schön» mit »tatsächlich schön sein» – Er: Groß, schlank, braun gebrannt, nicht zu kurzes Haar, Muskeln, sportlich. Sie: Vollbusig, einen Ausschnitt und einen Po habend, längeres Haar, größere bis betörende Augen, volle Lippen, nicht unbedingt sportlich. Unerheblich war, ob der oder die Schöne verheiratet oder sonst wie gebunden war.

Als Nächstes suchte man konzernweit nach den Schönen. Doch da entstanden zwei Schwierigkeiten: Nicht jeder oder jede Schöne war so intelligent, dass sie hätten zusammenarbeiten können. Teilweise wurde ein Auseinanderliegen der Intelligenzquotienten festgestellt, das dem Mount Everest glich – er unten, sie oben, oder umgekehrt.

Man reduzierte das Schönheitsbild auf Mann und Frau im gleichen Alter, plusminus zehn Jahre. Dies ebenso aufgrund der volksweisheitsnahen Erkenntnis, dass dort, wo die Sympathie bis Liebe hinfällt, wenn auch in einen Dreckeimer, dagegen man eh kein Kraut wachsen lassen kann.

Gleichfalls wurde die Sache mit den Intelligenzquotienten fallen gelassen. Hauptsache, die Leute beflügelten sich gegenseitig. Dabei werden die Stärkeren den Schwächeren schon helfen – man ist sich ja sympathisch. Nun war die Frage zu klären: Wie kommen die jeweils für zusammenpassend eingestuften Daimlers zusammen, ohne dass diese das dahinterliegende Kalkül bemerken? Die Antwort ist die Geburtsstunde der Projektteams.

Ein Projektteam besteht aus von Vorgesetzten ausgesuchten Leuten der unterschiedlichsten Abteilungen, die sich zum Erreichen eines Ziels, von Vorgesetzten vorgegeben, als Gruppe zusammengefunden haben.

So ein Ziel kann sein: Vergrößerung der Mercedes-Außenspiegel, Mehrfachnutzung des Zigarettenanzünders, Sonnenbräune auch bei geschlossenem Autodach, Cabrio fahren bei Regen ohne nass zu werden, Bremspedal überflüssig, Reduzierung des Wasserverbrauchs der Scheibenreinigungsanlage. Das Ziel, das anvisierte gemeinsame Erreichen des Ziels, der Weg zum Ziel, sprich: Projekt, schweißt die Beteiligten, die Mitglieder, zusammen, zu einem Team, deshalb: Projektteam.

Mittlerweile werden bei Daimlers permanent sehr, sehr viele Projektteams gebildet. Die Ausgesuchten oder Betreffenden machen sehr gern mit, denn die Angelegenheit wird allgemein als recht spaßig bis kurzweilig empfunden. Trotz der überlangen Arbeitszeiten, auch an Wochenenden.

Die Sache hat so gut eingeschlagen, dass man sogar das Kriterium, möglichst gleich alt zu sein und möglichst ein ausgewogenes Verhältnis von Daimlers und Daimlerinnen zu haben, aufgegeben hat. Heute gibt es Projektteams mit überwiegend Männern – ältere – und nur einer Dame – jung und kräftig –, was oftmals den Spaßfaktor sogar erhöht.

Es gibt inzwischen aber auch Teams ohne weibliche Beteiligung.

Nach anfänglichen Schwierigkeiten funktionieren die heute ebenfalls gut bis sehr gut. Erbringen beste Arbeitsleistungen. Geschlechtsunabhängige Interessensgleichheiten schweißen sie zusammen: Golf spielen – nur nachts, tagsüber und an Wochenenden wird gearbeitet . Oder Bergsteigen – lesen gemeinsam darüber Bücher. Kindererziehung – machen die Frauen der Teammitglieder, man selbst kann ihnen dabei ja leider nicht helfen.

Anders gesagt: Bei der Wahl zwischen quengelnden Kindern, genervter bis stressfertiger Frau und sympathischen, interessensgleichen Kollegen gewinnen immer die Kollegen.

Der wahnsinnige Trend zur Projektteam-Bildung und seine mittlerweile breite Akzeptanz im Konzern ist sicherlich auch darauf zurückzuführen, dass den Daimlers und den Daimlerinnen gesagt wurde: »Das ist betriebswirtschaftlich sehr sinnvoll, das haben uns für viel Geld fortschrittliche Unternehmensberater empfohlen.« Das wurde geglaubt, wird immer noch geglaubt. Klingt ja auch sehr rational.

Somit weiß bei Daimlers in den Projektteams bis heute niemand, dass sie die realisierten Ergebnisse der Studie »Liebe am Arbeitsplatz» sind.

Einige Daimlers, die mit der Bildung von Projektteams befasst sind, meinen, dass das gut so ist. So gibt es keinen Streit, auch wird nicht mehr verlangt. Denn eines ist für sie klar: »Sympathische Kolleginnen stellen wir zur Verfügung, doch weiter gehen wir nicht. Viagra wird es von uns niemals geben.«

Die Liste der Kunden, die einen gepanzerten Mercedes haben möchten, ist lang. Viele Kunden kommen aus Afrika.

Fliegende Hühner gegen gepanzerten Mercedes

Alle Mercedes-Modelle sind sicher, manche sogar noch etwas mehr – schusssicher! So könnte ein Slogan für einen Panzerwagen lauten. Gepanzerte S-Klasse, der sicherste Wagen aller Zeiten, wie einige Daimlers bescheiden behaupten.

Sie begründen dies mit neuen Materialien, die im Automobilbau erstmals eingesetzt werden. Weiter mit dem Hinweis, dass über zweihundert Attentate auf Autoinsassen genauestens untersucht wurden, dabei stellte man ein systematisches Vorgehen der Terroristen fest, konstruktive Gegenmaßnahmen wurden im Fahrzeug verwirklicht.

High Tech überall, deren Schutzfunktion allerdings von einem über zwanzig Jahre alten Kleinlaster, vollbeladen mit aufgescheuchten Hühnern in Käfigen, leicht außer Gefecht gesetzt werden kann.

Hel Ashed, Präsident von Bocco, einem afrikanischen Kleinstaat nahe der Elfenbeinküste, sitzt an dem großen, wuchtigen Schreibtisch seines Vorgängers, sein mächtiger Bauch ist in der Höhe der Schreibtischkante eingeklemmt, nur langsam zieht er die rote Ledermappe, angefüllt mit Briefen, die er unterschreiben soll, zu sich heran. Ashed hasst Schreibtischarbeit.

Als Sohn des Somai-Stammführers wuchs er im Busch auf, frei und unbeschwert, das Lesen und Schreiben brachte ihm ein Privatlehrer aus Beccabi, der Hauptstadt von Bocco, bei. Mehr schlecht als recht, meist zog der Häuptlingssohn die Jagd dem Lernen vor.

Mit dem übermächtigen, goldenen Watermann-Füller kritzelt Präsident Hel Ashed große Zeichen und Schnörkel auf die Briefbögen: Seine Unterschrift. Oft hält er sich nicht an den vorgegebenen Platz, fährt beim Unterschreiben schwungvoll und überdeutlich in den Brieftext hinein. Um seine Unterschrift noch besser hervorzuheben, unterstreicht er sie auch, richtig fett, je nach Laune ein- oder zweimal.

Seit nunmehr sechs Monaten ist er Präsident von Bocco. Als sein Vater starb, er dessen Nachfolge antrat, verweigerte er als erste Amtshandlung die Zahlung von Steuern an die Regierung in Beccabi. Die schickte Soldaten, Ashed lockte sie in einen Hinterhalt, keiner von ihnen überlebte.

Als nächstes marschierte er mit seinen Stammeskriegern und französischen Söldnern auf die Landeshauptstadt zu. Unterwegs machten sie alles nieder was ihnen in die Quere kam, plünderten Dörfer, steckten die Hütten in Brand, veranstalteten Massenvergewaltigungen und zwangen Kinder und junge Männer sich der Kampftruppe anzuschließen.

Die Regierung floh, die wenigen, verbliebenen Soldaten unter General Illi Daechte gaben auf, als Ashed ihnen freies Geleit, keinerlei Bestrafungsaktionen zusagte. Drei Tage später besann er sich anders, ließ General Daechte und viele seiner Getreuen einsperren, foltern und erschießen. Seither herrscht Ruhe in dem Kleinstaat.

Leise tritt Keyn Sobad ins prunkvolle, holzgetäfelte Präsidentenzimmer ein.

»Herr Präsident, das Auto ist da.«

Wie von einer magischen Kraft hochgeschleudert kommt Ashed auf die Beine.

»Endlich! Wo ist es?«

»Vor dem Eingangsportal, Herr Präsident. Das Auto ist Ihrer würdig.«

Im Sturmlauf durchquert Ashed den Raum, rennt die Treppe runter, sein Bauch schwappt auf und ab, prustend erreicht er das Portal. Vor ihm, am Fuße der mächtigen, breiten Treppe, steht das Auto: Ein Mercedes-Benz 600 SEL, schwarz. Auf den vorderen Kotflügeln, rechts und links etwas nach außen gebogen, sind kleine Ständer mit der Staatsflagge montiert.

Langsam, geradezu andächtig, schreitet Ashed die Treppen hinunter. Ein in weiß uniformierter Diener, auch mit weißen Handschuhen, öffnet die Fahrertür.

Der Blick fällt auf gediegenes, weinrotes Leder. Behutsam setzt sich Ashed hinters Lenkrad, seitlich, die Füße bleiben außerhalb des Fahrzeugs auf dem Boden. Endlich ist sein Traumauto da. Von der Firma, die nach seiner Meinung die besten, schönsten und vornehmsten Autos der Welt baut. Zärtlich gleiten seine Finger über das Lenkrad, Armaturenbrett, über die Ledersitze.

Ja, dieses Auto ist eines Präsidenten würdig!

Für rund eine halbe Million Euro hat er es umbauen lassen, in ein Panzerauto. Das Serienmodell wurde von Hand zerlegt, Stahlpanzerplatten kamen zwischen dem Außen- und Innenblech der Karosserie, dazu Aramit-Sprengmatten als Splitterschutz sowie Sicherheitsverkleidungen für Motorraum und Tank. Sogar die Reifen sind schusssicher.

Damit das vier Tonnen schwere Gefährt sicher gefahren werden kann, wurden auch Achsen, Radlager und Bremsen besonders verstärkt.

Schwer atmend zieht Ashed sich vom Fahrersitz. Die 140 Kilogramm schwere Panzertür kleidet mit einem sanften »Plob« ins Schloss. Dafür sorgt eine gesonderte Gasdruckfeder. Der andächtige Blick des Präsidenten kleidet von der Motorhaube auf die Windschutzscheibe: Fünf Zentimeter dick, 120 Kilogramm schwer, hundertprozentig schusssicher.

»Wo ist der Chauffeur«, schreit Ashed. Sofort taucht ein anderer weiß Uniformierter vor ihm auf und salutiert.

»Los, beweg dich! Wir machen eine Probefahrt.«

»Ja, Herr Präsident«, kommt es eilfertig zurück.

Hel Ashed lässt sich die hintere Tür auf der Fahrerseite öffnen und kriecht ins Fahrzeuginnere. Der Chauffeur startet den Motor. Der Präsident schließt die Augen und lauscht dem sanften Säuseln des Aggregats: Zwölf Zylinder, 400 PS, 230 km/h Höchstgeschwindigkeit.

Der Chauffeur lenkt um den großen Springbrunnen zur eisernen Gittertür, die sich automatisch öffnet. Langsam rollt der Mercedes vorbei an den vielen, kleinen Wachhütten, die wachhabenden Soldaten salutieren, hinaus auf die Ashed-Avenue.

Der Präsidenten-Palast liegt etwas außerhalb von Beccabi auf einer kleinen Anhebung. Die Avenue senkt sich kerzengerade runter zur Stadt, der Chauffeur, der mit dem Auto nicht vertraut und deshalb nervös ist, bleibt im zweiten Gang.

Obwohl alle Autos und Fahrräder dem Präsidentenfahrzeug ausweichen, kommen sie nur langsam voran, der Fahrer muss immer wieder abbremsen. Gewöhnlich, wenn Ashed unterwegs ist, fährt eine Motorrad-Eskorte voraus und sorgt für eine freie Straße. Doch bei der spontanen Idee, eine Probefahrt zu absolvieren, hat Ashed seine Eskorte total vergessen.

Ein ungutes Gefühl beschleicht ihn, denn diese Eskorte ist zugleich für seine persönliche Sicherheit zuständig. Doch dann lacht er. Was soll ihm schon passieren, in diesem Auto?

Langsam fährt der Chauffeur in die große Kreuzung vor dem Marktplatz hinein. Die Ampel zeigt Rot, doch gemäß der Anweisung, dass ein Präsident vor keiner roten Ampel zu warten braucht, fährt der Chauffeur weiter. Von rechts schießt ein kleiner Lieferwagen, vollbeladen mit Hühnerkäfigen, heran. Zu spät sieht der Fahrer den Präsidentenwagen. Krachend trifft der Wagen die rechte Vorderseite des Mercedes.

Wie von Riesenhand losgeschleuderte Geschosse knallen die Käfige gegen Motorhaube, Windschutzscheibe, Dach und auf die Straße. Zerbersten. Die Luft ist erfüllt von kreischenden, flatternden Hühnern und weißen Federn.

Hel Ashed, die Augen weit aufgerissen, röchelt, schnappt nach Luft, brüllt in Richtung des Unglückfahrers, der starr in seinem Führerhaus sitzt: »Du Arschloch, du Rindvieh! Das wist du mir büßen.«

Rasch klettert er aus dem Wagen, rennt zu dem alten Kleinlaster, reißt die Fahrertür auf und zieht den verängstigten Fahrer vom Sitz. Der will etwas sagen, doch Ashed schlägt ihn brutal ins Gesicht. Dann gegen die Brust, in den Bauch, gegen den Kopf. Der Fahrer, der sich mit den Händen schützen möchte, hat keine Chance.

Vom Marktplatz rennen die Leute zur Unglücksstelle. Sie wollen sich das Schauspiel nicht entgehen lassen. Ebenso die Leute in den umliegenden Geschäften und Wohnhäusern nicht.

Wie besessen schlägt Hel Ashed auf den Fahrer ein. Mit einem wuchtigen Fausthieb trifft ihn seitlich am Kopf, einem nassen Sack gleich fällt der Fahrer zu Boden. Ashed holt zum

Fußtritt aus, zielt wieder gegen den Kopf des Unglücksfahrers, als er einen dumpfen Schlag gegen den Hinterkopf verspürt.

Er hört noch einen feinen, hellen Knall, dann nichts mehr.

Der Kommentar eines Daimlers in hoher Führungsetage, kurz vor Vorstand, zu diesem Ereignis: »Der Dumpfdackel! Wär er im Auto hocke bliebe, tät er no läbe. Jetzt hämmer einen Kunden weniger.«

Wer in der Welt Erfolg haben möchte, der muss sich auch politisch, nein, wirtschaftspolitisch engagieren. Zum Beispiel in Afrika und in Nahost.

Entwicklungshilfe: Straßen gegen Dürre

Bei Daimlers wird auch Entwicklungspolitik betrieben. Schon klar, die Entwicklung neuer Stern-Modelle, doch die ist nicht gemeint. Echte, konzernbezogene Entwicklungspolitik: In einem afrikanischen Land zum Beispiel schlagen sich die Leute die Köpfe ein, durch wirtschaftspolitisches Eingreifen von Daimlers – Verkauf von Autos mit Mengenrabatten – hört die gewinnende Partei auf, fährt Mercedes, gibt sich dem Luxus hin.

Das ist natürlich nur ein fiktives Beispiel. Bei Daimlers gibt es keine Mengenrabatte.

Ein anderes, fiktives Beispiel: In einem muslimisch-orientierten Land werden den Andersgläubigen Busse zur Verfügung gestellt, sind dem öffentlichen Personenverkehr zuzuordnen, aus denen man auch herausschießen kann.

Und noch ein natürlich nur abstraktes Beispiel: Den Amerikanern, die sich in jenem muslimisch-orientierten Land auch bombend engagieren, wird gesagt: »Nein, ihr habt die biologische Waffenfabrik nicht getroffen, ihr habt eine Arzneimittelfabrik getroffen. Das nächste Mal mehr rechts.«

Das letzte, fiktive Beispiel – »letzte» bezieht sich nur auf »Beispiel«, nicht auf die Anzahl von Beispielen: In einem afrikanischen Staat hat eine befreundete Ölgesellschaft das Sagen, wovon sie aber keinen Gebrauch macht. Militärs, zugleich Regierungsverantwortliche, legen reihenweise Leute um, die ihren Interessen und denen der Ölgesellschaft zufällig im Weg stehen, darunter einen Schriftsteller.

Letzteres fällt auf, seine Bücher werden auch außerhalb jenes Landes gelesen und da keine neuen Werke mehr folgen, protestieren die Bücherfreunde. Auch in Deutschland, können zudem andere Freunde hinsichtlich Protestbekundungen mobilisieren. Daimlers greifen kommentierend bis vermittelnd ein – fiktive, geheime Geheimdiplomatie: Man will in jenem Land weiter ungestört Geschäfte tätigen.

Die geheime Geheimdiplomatie hat Erfolg. Mittlerweile macht die Ölgesellschaft von ihrer Möglichkeit, etwas zu sagen was für andere Befehle sind, Gebrauch. Spricht mit den Militärs, sagt denen, wo es langgeht. Schriftsteller werden in Ruhe gelassen.

In vielen der Länder, die von der besonderen bis abstrakten Stern-Entwicklungspolitik profitieren, sind Daimlers nicht vertreten – offiziell, inoffiziell schon. Sie unterhalten dort keine offiziellen Vertretungen, Niederlassungen oder Werke mit günstigen Arbeitskräften und angenehmen Umweltbedingungen. Inoffiziell sind sie aber präsent, denn auch diese Länder brauchen Busse, Lastwagen und – hauptsächlich die Herrschenden und Regierungsverantwortlichen – Autos.

Repräsentative Mercedes-Modelle, um repräsentativ durch villen- und bürohäuserbesetzte Innenstädte, wellblechhüttenbelegte Vororte und über dürre- sowie heuschreckengeplagte Landwirtschaftsarmgebiete fahren zu können. Zudem, manchmal kommt auch ein Staatsgast, der will repräsentativ vom Flugplatz abgeholt werden.

Bei den Autos müssen Daimlers in jene Länder beratend bis entwicklungspolitisch nicht sonderlich in Erscheinung treten. Die Herrschenden wissen, was gut ist, schauen auch Fernsehen. Anders sieht es bei den Bussen und Lastwagen aus. Da müssen sie Basisarbeiten leisten. Beispielsweise ein öffentliches Personenbeförderungssystem mit Stern-Bussen entwerfen. Gilt vornehmlich für Städte. Auf dem Land werden manchmal auch Basisarbeiten für die Vervollständigung von Straßen mit erbracht, weiträumig gedacht, deren Verwirklichung nur mit Stern-Lastwagen möglich sein sollte.

Die Notwendigkeit des Straßenausbaus wird von Regierenden und anderen manchmal allerdings bezweifelt. Zu teuer, das Geld fehlt ihnen beim Bau der eigenen Swimmingpools. Doch hier greift und überzeugt ein Argument, geradezu ein ideales: Nur auf schönen bis intakten Straßen kann man mit einem Mercedes richtig repräsentieren.

Die neuen Straßen erfreuen auch die Landbewohner. Sie kommen von einem Dürregebiet schneller und bequemer ins nächste.

Die inoffizielle Entwicklungshilfe, das inoffizielle Engagement in jenen Ländern, hat einen weiteren pragmatischen sowie wichtigen Grund. Man will den Finger am Puls des zeitlichen Geschehens haben. Soll heißen: Einer der nicht offiziell besetzten Staaten könnte eines Tages eine dominante Rolle in der Weltpolitik einnehmen – Wer weiß das schon?

Ist es so weit, verfügt man bereits über die entsprechenden Kontakte. Man kennt alle, sind ja schon Mercedes-Kunden.

Im Fall der Fälle ist man in der Lage, über Nacht eine offizielle, repräsentative Vertretung einzurichten – logisch!

Was kommt zuerst: Das Huhn oder das Ei? Der Kraftstoff oder der Motor? Daimlers meinen: Zuerst der Kraftstoff.

Wie die Freundschaft zu einem Ölkonzern beinah zerbrach

Auch unter Freunden hängt der Segen manchmal schief. So beispielsweise zwischen Daimlers und jenem Ölkonzern, dem man – natürlich nur fiktiv – geraten hatte, das maßgebliche Sagen in einem afrikanischen Staat aktiv anzuwenden. Damit Schriftsteller dort weiterhin in Ruhe arbeiten können.

Jener Ölkonzern hatte ein Bohrinsel, eine ausgediente, die er kostengünstig und vielleicht umweltfreundlich im Meer verschwinden lassen wollte. Diese Absicht regte die Leute landauf und landab auf, Daimlers weniger. Für sie war es ein Lehrbeispiel – wie man es nicht machen sollte.

Nicht das Verschwindenlassen der alten Bohrinsel im Meer, nein, daran hatten sie nicht unbedingt etwas auszusetzen.

Sie bestaunten mit Unverständnis den Umgang mit den engagierten bis beinah-militanten Gegnern des Verschwindenlassens. Dieser Umgang fesselte das Interesse und sorgte erstmals für – wiederum nur fiktiven – Unmut zwischen Daimlers und jenem Ölkonzern.

Die Gegner, seefahrende und tieftauchende Umweltschützer, wollten auf die Bohrinsel, um sie besser in Augenschein zu nehmen. Um festzustellen, ob irgendwo gelagerte, etwaige Schadstoffrückstände sich befinden, welche ein Leben im Meer durcheinanderwirbeln hätten können. Bei dieser Gelegenheit, wenn sie schon mal auf der Insel sind, wollten sie auch ein paar Bettlaken mit Botschaften aufhängen.

Nicht wenige Daimlers meinten. »Ja, die sollen ruhig auf die Insel gehen, am besten dort bleiben, nicht dass sie eines Tages zu uns kommen. Und wenn auf der Insel keine Schadstoffe sind, ist ja alles klar. Vielleicht bleiben sie dort, was der Inselversenkung im Meer nicht unbedingt im Weg stehen müsste.«

Der Ölkonzern, genauer gesagt, die britische Filiale des Ölkonzerns, meinte: »Mit militanten Gruppen geben wir uns nicht ab, nein, die kommen nicht auf unsere Insel.«

Viele Daimlers wussten, das war falsch. Wirklich militante Gruppen geben niemals auf, umweltschützende Gruppen geben erst recht nicht auf. Das heißt, sie verstärken ihre Aktivitäten bis ins Unermessliche.

Und so war es auch.

Die auch sportlich fitten Umweltschützer schwammen und tauchten nächtens zum Gegenstand der Auseinadersetzungen, fanden diesen in der Weite des dunklen Meers tatsächlich, obwohl kein Mondlicht schien. Bohrten in ihm ein Loch und entnahmen Proben, die man in einem Labor untersuchen ließ.

Ein Laborergebnis: Die Proben waren schadstoffbelastet.

Ein anderes Laborergebnis: Auf der Bohrinsel waren keine Schadstoffe.

Letzteres wurde bei der Inselzerlegung an Land festgestellt. Die bohrenden Umweltschützer hatten aus Versehen eine Leitung mit Minimalresten angebohrt, nicht den von ihnen vermuteten, großflächig total schadstoffüberschwemmten Boden der Bohrinsel.

Einige Daimlers sagten: »Ätsch, hättet ihr auf uns gehört, hättet ihr die auf die Insel gelassen, dann wäre das nicht passiert. Dann hätten die gleich an der richtigen Stelle gesucht und nichts gefunden. Würden sicherlich jetzt schon samt Insel bei den Fischen sein.«

Die Umweltschützer sagten: »Wir bohrten vom dunklen, kalten Wasser aus, es war tiefe Nacht, sahen kaum etwas, da kann solch ein Irrtum schon einmal passieren.«

Der Ölkonzern sagte zu den Umweltschützern: »Alles Mache! War volle Absicht!«

Zu den kritisierenden Daimlers sagte der ölausgerichtete Konzern: »Ihr seid gemein! Hinterher ist jeder schlauer!«

Als die so Angesprochenen meinten, man könnte auch vorher schlauer sein, manchmal zumindest, sollen Bezeichnungen seitens des Ölkonzerns gefallen sein, wie: »Ihr schadenfrohe Lumpen, Ihr dumme Besserwisser! Eines Tages dampft bei Euch die Kacke, darauf freuen wir uns schon heute.« Das Verhältnis zwischen diesen Daimlers und jenem ölfördernden Konzern kühlte ab.

Ziemlich kalt wurde es, als Daimlers dem Ölkonzern die Herstellung von minderwertigem bis umweltnichtverträglichem Dieselkraftstoff vorwarf. Verbunden mit der Forderung, endlich den Schwefel aus dem Kraftstoff zu nehmen. Dieser schade nicht nur der Umwelt, sondern auch den Motoren beziehungsweise würde einer neuen Motorentechnologie im Weg stehen.

Der öl- bis dieselgeschäftemachende Konzern konterte: »Ihr wollt nur von dem Problem, die Rußpartikel im Dieselabgas verursachten Krebs, ablenken. Dieses, euer Problem und die damit verbundene schlechte Presse wollt ihr uns in die Schuhe schieben. Da machen wir nicht mit. Baut gefälligst bessere Motoren und alles ist in Ordnung.«

Daimlers konterten: »Alles, was den Diesel betrifft, betrifft auch euch. Der Diesel muss sauberer werden, erst wenn das passiert ist, können unsere Motoren sauberer arbeiten. Erst dann kann hinten Sauberes herauskommen.«

Der Ölkonzern: »Nein, zuerst eure Motoren, dann unser Diesel.«

Daimlers: »Nein, zuerst euer Diesel, dann unsere Motoren.«

Der Streit spitzte sich zu, die Fronten verhärteten sich. Daimlers warben bei anderen Fahrzeugherstellern um Fürsprache. Dies verbunden mit der kurzzeitigen Anerkennung, dass die anderen nicht nur Fahrzeuge, sondern auch Autos herstellten. Diese Taktik hatte Erfolg, die anderen gewährten Unterstützung.

Der Ölkonzern machte das Gleiche, warb bei anderen Konzernen der gleichen Branche um Fürsprache. Hatte damit auch Erfolg. Aus dem Streit wurde eine Regierungssache, dann eine EU-Sache.

Das Ende vom Lied: An jeder deutschen Tankstelle kann heute jeder Autofahrer, sofern er ein Dieselauto sein eigen nennt, schwefelfreien Selbstzünderkraftstoff tanken.

Daimlers heute stolz: »Das haben die Autofahrer, das hat die Umwelt uns zu verdanken. Wir haben etwas bewegt.« Nicht so ganz klar ist, ob sich auch im Eisverhältnis der einstigen Freunde etwas bewegt hat. Wesentliche Teile aufgetaut werden konnten.

Der Ölkonzern meint: »Ja, ja, alles wieder so ziemlich normal.«

Daimlers meinen: »Noch ist nicht alles Friede, Freude, Eierkuchen. Noch arbeiten die mit dem falschen Formel-1-Rennteam zusammen.«

Ist das jetzt eine Annäherung oder ein Anlass für einen neuen Streit?

Eines Tages trauten Pförtner und Sicherheitsfachkräfte bei Daimlers ihren Augen nicht: Protestierende, welche die Mercedes-Dieselmotoren madig machten, lagen vor der Tür.

Skandal: Umweltschützer besuchen Daimlers ohne Anmeldung

Vor nicht allzu langer Zeit meldeten sich bei Daimlers in Stuttgart-Möhringen – Konzernzentrale – Besucher an, die nicht angemeldet waren. Das heißt, die Besucher hatten nicht Tage zuvor ihr Kommen in Aussicht gestellt, was üblich gewesen wäre. Sie meldeten sich erst und gerade in dem Augenblick an, in dem sie schon da waren: Vor dem Eingangstor lagen.

In 26 Krankenbetten mit übergezogenen Atemschutzmasken. Auf einem Transparent, von den Überraschungsgästen aufgestellt, war zu lesen: »Dieselruß macht Krebs«.

Die Daimlers, die Pförtner und zugleich Sicherheitsfachleute sind, sagten zu den im Bett Liegenden, die sich als Mitglieder einer Umweltschutzorganisation zu erkennen gaben: »Das dürfen Sie nicht! Bitte stehen Sie auf!«

Die Umweltschützer, die keinerlei Anstalten machten der Aufforderung Folge zu leisten, entgegneten entschuldigend: »Wir protestieren.«

Die für Sicherheit sorgenden Pförtner, knallhart und wohlwissend, dass man vor keinem Daimlertor, schon gar nicht vor dem Haupttor der Konzernzentrale, so einfach herumliegen darf, fragten scharf: »Wer hat Ihnen das erlaubt?«

Beinah etwas unsicher die Umweltschützer: »Niemand, wir uns selbst!«

Die am Tor Diensthabenden waren still, sprachlos, dann laut: »Das geht nicht! Hier können Sie nicht sich selbst etwas erlauben! Hier gibt es Vorschriften, die eingehalten werden müssen!«

Innerlich zaghaft, äußerlich nicht, die Umweltschützer ebenfalls laut: »Das interessiert uns nicht! Wir bleiben hier und protestieren gegen ihre Dieselfahrzeuge!«

Die Pförtner brüllten: »Ihr seid verrückt!«

Die Umweltfreundlichen passten sich an, brüllten zurück: »Nein, engagiert! Der Umwelt zuliebe! Die ihr mit euren Dieselautos mit den Füßen nieder macht!«

Die Pförtner schauten sich betroffen an. Eigentlich durften sie nur am Tor – ihr Hoheitsgebiet – brüllen. Plötzlich hatten sie eine Idee. »Hier in Stuttgart-Möhringen werden keine Autos produziert, da müssen Sie woanders hingehen. Zum Beispiel nach Sindelfingen.« Daimlers schieben sich gern untereinander die Probleme zu, was menschlich ist. Sollten doch die in Sindelfingen sich mit diesen Chaoten herumschlagen.

Die Vertreter der Umwelt panzerstur: »Nein, hier ist die Konzernzentrale, hier werden die Entscheidungen getroffen! Falsche Entscheidungen! Wir protestieren für die richtigen!«

Die Pförtner, aufgrund diverser Botengänge und Gespräche mit Sekretärinnen in der Vorstandsetage gut informiert, fragten lauernd, schon nach Gegenargumente suchend: »Für welche denn?«

Die Umweltapostel ganz sachlich, man wollte ja protestieren, da müssen die, gegen die man protestiert, schon wissen warum man protestiert: »Alle Dieselfahrzeuge Ihres Hauses müssen mit einem Rußfilter ausgerüstet werden. Mit so einem Filter wie er im Citröen C5 ist.«

Entgeisterung auf der anderen Seite. »Wieso das denn? Was haben wir mit Citröen zu tun?«

Wieder ganz sachlich: »An Citröen sollen Sie sich ein Beispiel nehmen. Für ihre neuen und alten, derzeit auf den Straßen herumfahrenden Mercedes-Modellen. Im Rußfilter werden die Rußpartikel im Dieselabgas verbrannt. Sie gelangen nicht in die Umwelt. Sie haben sicherlich schon gehört, diese Rußteilchen sind krebserregend.« Kopfschütteln, ungläubige Gesichter bei den Torherren. »Und deswegen liegen Sie jetzt hier? Blockieren unsere Toreinfahrt?«

Die Umweltbefürworter immer noch sachlich: »Genau, deswegen! Sie haben es erfasst! Genau deswegen liegen wir hier!« Die Torherren versuchten es mit einer Warnung. »Das dürfte einigen der hohen Herren überhaupt nicht gefallen!«

Die Umweltfreunde jodelten und klatschten. »Prima, ja! Das freut uns! Das wollen wir erreichen! Die sollen sich ärgern und sich dann für den Rußfilter für neue und alte Mercedes-Autos entscheiden!«

Die Diskussion dauerte nach Augen- und Ohrenzeugen noch über eine halbe Stunde, was lustig gewesen sein soll. Vor allem als die Liegenden Verstärkung erhielten. Weitere Kameraden für den Umweltschutz kamen, ließen sich ebenfalls häuslich nieder, verteilten körperliche Stärkungen – so ein Protestieren ist anstrengend, da ist körperliche Stärkung wichtig.

Zumal nach der fachlichen Diskussion mit den Portiers eine fachliche Diskussion mit Dieselexperten bei Daimlers – Oder waren es deren Stellvertreter? – folgte.

»Nein, wir sehen in dem Rußfilter, so wie er bei Citröen existiert, keine Lösung. Nein, da gibt es bessere Methoden«, sagten die Experten.

»Welche denn?«, fragten die liegenden Umweltschützer.

»Dazu können wir nichts sagen. Das ist ein Konzerngeheimnis.«

»Wann wird das Konzerngeheimnis gelüftet? Wann kommen die besseren Methoden in allen Mercedes-Modellen, in den neuen Modellen ab Werk und in den alten Modellen zum Nachrüsten, zum Einsatz?«

»Auch dazu können wir nichts sagen. Auch das gehört noch zum Konzerngeheimnis.«

Nach kurzer Beratung untereinander fragten die Umweltfreunde die Dieselexperten: »Wollen Sie wissen, wie lange wir hier vor ihren Toren protestieren?«

»Ja, natürlich, hoffentlich nicht lange!«

Breites Grinsen auf den Gesichtern. »Können wir ihnen leider nicht sagen. Das gehört bei uns zum Konzerngeheimnis.«

Nach etwa drei Stunden, nach etlichen Gesprächen mit stürmisch herbeigeeilten Journalisten – »So etwas erlebt man nicht alle Tage!« – zogen die Protestierenden wieder ab. Sie hatten erreicht, was sie erreichen wollten. Die nächsten Tage und Wochen gaben ihnen Recht. Weltweit wurde über ihre Aktion berichtet.

Auch verschiedene Gerüchte tauchten auf.

So hätte sich Citröen bei den Umweltverfechtern herzlichst für die vielen, positiven Presseberichte über den C5 bedankt.

Der ehemals mit Daimlers eng befreundete Ölkonzern hätte den Stern-Vorstand angerufen. Zum einen soll er gesagt haben: »Ätsch, jetzt habt ihr den Salat, darüber freuen wir uns sehr.« Zum anderen: »Jetzt ist es klar, für eine bessere Umwelt sorgen zuerst die Motoren, dann vielleicht die Inhaltsstoffe unseres Dieselkraftstoffs. Baut endlich gescheitere Motoren. Solche, wie VW sie schon hat.«

Der Stern-Vorstand hätte überlegt, inwieweit und wie schnell eine Diesel-Alternative, die Brennstoffzelle als Dieselersatz, genutzt werden könnte – oder ob nicht doch der Rußfilter die bessere Lösung wäre.

Man entschied sich für den Rußfilter unter der Voraussetzung, dass die konzerneigenen Ingenieure eine Mercedes-Lösung finden, man nicht auf diese komische bis seltsame Citröen-Technik zugreifen muss – was im Fall der Fälle als Großblamage bewertet wurde.

Mercedes steht für das Neue, das Schöne, nicht für das Alte, das Gebrauchte. Entsprechend wurden die Ingenieure auch fündig. Sie fanden bei ihren Entwicklungen einen mercedes-typischen Rußfliter für Neufahrzeuge, nicht für Gebrauchtfahrzeuge, nicht zum Nachrüsten.

Die derzeit auf den Straßen rollenden Stern-Produkte sind somit weiterhin filterlos und rußvoll.

Die Umweltschützer kommentierten dies mit: »Die kapieren nicht richtig. Wir kommen wieder, mit unseren Betten und Schutzmasken. Und mit ein paar Lungen von Schweinen, vom Schlachthof besorgt, die wir denen ans Tor hängen. Lungen für: Dieselabgas verursacht Lungenkrebs.«

Einige Daimler riefen daraufhin beim Tierschutzbund an. Lungen von armen Schweinen derart missbraucht, das geht doch nicht!

Doch die Tierschützer erwiesen sich nicht als Freunde in der Not. Sie hatten grundsätzlich nichts gegen frische

Schweinelungen an Daimlertoren aufgehängt einzuwenden. Sie sagten: “Die Schweine sind schon tot, spüren nichts mehr.” Was von manchen Daimlers nur anfangs bezweifelt wurde.

Dann war alles überraschend, niederschmetternd und nicht erklärbar. Eine Erklärung kam plötzlich von der allwissenden Statistikabteilung.

Von zehn Tierschützer fahren neun alte Mercedes-Modelle mit Dieselmotoren. Sie vertreten die Auffassung, dass Nachrüstungen, einerlei welcher Art, immer der Autohersteller bezahlen sollte. Begründung: Nachrüstungen sind immer nur dann fällig, wenn der Hersteller gepfuscht hat!

Daimlers einstimmig: “Nein, gepuscht haben wir nicht. Die Umwelt ist eine andere geworden. Alles ist irgendwie sensibler und hysterischer.”

Lady Di starb in einem Pariser Krankenhaus, nach einer Fahrt in einem Mercedes. Der Fahrer war schuld. Dennoch kam die Frage auf: Müssen die Pariser jetzt ihre Straßentunnels ändern?

Unfälle: Wie viel Beton verträgt ein Mercedes?

Task Force, eine mobile Einsatztruppe, die immer dort eingesetzt wird, wo es brennt – eine Eliteeinheit für brenzlige Situationen. Die Mitglieder: Top ausgebildet, immer auf dem neuesten Stand, wagemutig, nicht leichtsinnig, weil realistisch, schnell die Oberhand gewinnend, dann beruhigend wirkend, weil sie die einst kritische Situation jetzt kontrollieren, sie nicht mehr kritisch ist. Bei Daimlers gibt es eine solche Eliteeinheit in der Unfallerforschung.

Immer wenn irgendwo auf der Welt ein Promi – ein bekannter Mensch – in einem Mercedes verunfallt, gar aus dem Leben fällt, greift diese ein.

Sie macht den Unfall nicht ungeschehen – kann sie noch nicht -, sie stellt das Unfallauto sicher, sobald es von der Polizei nicht mehr sichergestellt ist. Rekonstruiert und analysiert den Unfallhergang.

In dieser Phase sind sie die Sherlock Holmes der Verkehrsunfälle mit Mercedes-Beteiligung. Der englische Detektiv löste seine Fälle immer auf, zum Guten, die Bösen wurden enttarnt, auch dingfest gemacht.

Auch die Holmes bei Daimlers lösen ihre Fälle. Immer zum Guten: Am Mercedes lag es nie. Keine Schuld am Unfall, kein unfallverursachender technischer Defekt, alles hat bestens funktioniert – vor dem Unfall.

Der Fahrer war es, beispielsweise. »Leider« wird in solch einem Fall oftmals hinzugefügt, denn immerhin war er ein Mercedes-Fahrer.

Einer, der oftmals schwere Schuld auf sich geladen hat.

Wäre er noch am Leben, zum Beispiel im Fall Lady Di, hätte er sich unbequeme Fragen gefallen lassen müssen, wie: Warum haben Sie den Unfall mit einem Mercedes verursacht? Können Sie sich vorstellen, welchen immensen Schaden – Imageschaden – Sie uns bescherten? Wussten Sie denn nicht, dass wir die sichersten Autos der Welt bauen? Dies ist jetzt durch Sie in Frage gestellt! Sie Trunkenbold!

Die Task Force bringt es pro Jahr auf etliche Einsätze, denn viele Promis sind in Mercedes-Modellen unterwegs. Ob italienische Modezare, niederländische Sänger, österreichische Sportler oder deutsche Manager bis Bankkapitäne.

Die vielen Einsätze haben drei Gründe: Die Promis, die selbst fahren, können meist nicht fahren. Sie sind die schlimmsten Sonntagsfahrer der Welt, vor allem, wenn sie vorher etwas geschnupft haben – Kokain oder so etwas.

Oder wenn sie nicht allein im Auto sind. Jeder Promi, das wissen wir aus dem Fernsehen, hat mindestens zehn wunderschöne Frauen an einer Hand. Vier davon sitzen mit ihm im Auto, manchmal recht leicht bekleidet. Logisch, dass dabei die Konzentration auf die Straße schwer fällt.

Die Promis vermehren sich täglich. Nicht weil sie so aktiv wie Karnickel sind, nein, es kommen immer neu dazu. Promis haben eine magische Anziehungskraft auf vermeintlich normale Menschen. Die laufen ihnen hinterher, wollen ebenfalls prominent sein.

Immer mehr schaffen das auch. Manche über Nacht – Hotelnacht –, manche durch Wohnen in einem Container, manche durch Schaffen von nackten Tatsachen – Pornofilm –, manche durch Auf-den-Arm-Nehmen anderer – Stefan Raab, manche durch einen besonderen Geschmack – Gildo Horn: Nussecken.

Die meisten Promis entscheiden sich für einen Mercedes. Somit belegen die Stern-Modelle in der Statistik »Verkehrsunfälle bekannter Zeitgenossen und Besserverdienender« Platz eins. Nach Daimlers ein Naturgesetz: Mehr Autos, mehr Unfälle.

Der wohl spektakulärste Eliteeinsatz fand in Paris statt, als Lady Di verunfallte. Der zerknüllte Mercedes wurde eingehend untersucht. Auch hier wieder, gottlob, die Technik war in Ordnung – vor dem Unfall –, allein der Fahrer hatte zu viel getrunken. Alles funktionierte hinsichtlich der öffentlichen Erklärung wie immer. Daimlers: »Wir sind unschuldig.«

Man hätte schnell zur Tagesordnung übergehen können, wenn, ja wenn die Fans von Lady Di nicht gewesen wären. Diese riesige Anzahl. Auch unter Daimlers gab es welche.

Sie, die Fans unter den Daimlers, fragten sich angesichts der Tragödie: »Wie viel km/h verträgt überhaupt ein Mercedes?« Übersetzt: Wie schnell kann man mit einem Mercedes gegen einen Betonpfeiler fahren, ohne dass die Insassen etwas merken? Also tatsächlich nichts merken. Nicht weil sie danach nichts mehr merken können.

Die Diskussion entbrannte zuerst unter den Lady-Di-Fans im Autokonzern, dann auch unter den anderen Daimlers. Die Welt war noch damit beschäftigt, zuzuschauen, wie die Leute in London Blumen für die Prinzessin auf die Gehwege legten, wie die Promis zur kirchlichen Trauerfeier gefahren wurden – in Mercedes-Modellen mit Chauffeur. Kein Promi durfte selbst fahren. Man wollte kein Risiko eingehen. Und wie Elton John sang.

Doch dann wollte auch die Welt eine Antwort wissen. Angezettelt von bösen Journalisten, die meinten, dass das sicherste Auto der Welt auch am sichersten bei Pariser Tunneldurchfahrten sein müsste.

Die Task Force trat wieder in Aktion. Ganze Kerle, gaben weitere Erklärungen ab, wie: »Die Frage nach der maximalen km/h-Verträglichkeit von Mercedes-Modellen kann nicht beantwortet werden. Entscheidend ist immer der Unfallhergang.«

Gemeint ist, ob ein Betonpfeiler ein Stern-Fahrzeug frontal, frontal versetzt, schräg – Welcher Einschlagswinkel? – oder seitlich trifft. Und mit welcher Geschwindigkeit?

Weiter sagten sie, dass man schon seit über fünfzig Jahren Unfallerforschung betreibe, deshalb das mit dem Unfallhergang, dessen Relevanz für die Unfallschwere, genau wisse. Viele, viele Unfälle habe man schon analysiert, daraus viele, viele Verbesserungsvorschläge in Sachen Sicherheit für viele, viele Fahrzeuggenerationen gewinnen können. Ein Beispiel nannten sie auch: Die leidige Situation wie bei früheren Automodellen, nach einem Zusammenstoß den Zündschlüssel aus dem Knie des Fahrers herausoperieren zu müssen, besteht heute nicht mehr. Im Auto konnte eine andere Zündschlossposition gefunden werden. Auch der Zündschlüssel selbst ist mittlerweile weitgehend aus knieschonendem Kunststoff. Für den Fall, dass das Fahrerknie die neue Schlossposition doch einmal finden sollte.

Ein böser Journalist fragte nach: »Und welche Verbesserungen in punkto Insassensicherheit leiten Sie von dem Pariser Unfall ab?«

Ein Mitglied der Task Force: »Aus heutiger Sicht ist der Insassenschutz in Mercedes-Modellen optimal.«

»Die Leute in Paris starben in einem Mercedes.«

»Nicht alle, Lady Di starb in einem Krankenhaus.«

»Schon, doch die tödlichen Verletzungen erlitt sie in einem Mercedes.«

»Das ist uns bekannt.«

»Wie konnte es so weit kommen?«

»Lassen Sie es mich so sagen: Wenn es bedauerlicherweise zu einem Verkehrsunfall irgendwo auf dieser Welt kommt, dann sind die Insassen in einem unserer Modelle noch am sichersten.«

»Können aber auch sterben.«

»Haben Sie noch eine Frage?«

Alsbald sollen Stern-Modelle auch sprechen und denken können. Das Mammut-Forschungsprojekt ist schon recht weit gediehen.

Fahrer fragt Mercedes: Soll ich SPD wählen?

Die Brennstoffzelle ist eine wichtige Zelle, sie soll eines Tages die hauptsächliche Alternative zu den heute bekannten Autoantriebskraftstoffen sein.

Sie, weil recht umweltfreundlich, dürfte dann maßgeblich für eine bessere und kostengünstigere Umwelt sorgen. Der Hinweis auf »kostengünstig» basiert auf der optimistischen Vorstellung, dass der Antrieb per Brennstoffzelle, im Vergleich zu heutigen Antriebsalternativen, kostengünstiger ist. An dieser Vorstellung dürfte etwas dran sein, der Wissenschaftler, der sie aufstellte, ist nur verwarnt, nicht entlassen worden.

Nicht nur Daimlers forschen an dieser Zelle, eigentlich alle führenden Fahrzeughersteller dieser Welt. Doch was die Welt nicht weiß: Diese neue Antriebstechnik ist nur das zweitwichtigste Forschungsprojekt bei Daimlers. Das wichtigste Projekt befasst sich mit der Intelligenz im Auto. Gemeint ist nicht die mögliche Intelligenz in der Fahrgastzelle, die der Fahrzeuginsassen, sondern die tatsächlich nachprüfbare und ausbaubare Intelligenz rund um die Fahrgastzelle.

Deshalb auch mit oberster Priorität versehen, so ein Gerücht: Das Projekt kommt den Mercedes-Fahrern direkt zu Gute, von der Brennstoffzelle profitiert hauptsächlich nur die Umwelt.

Die Mercedes-Modelle werden durch ihre besondere Intelligenz universeller nutzbar. Die Fahrer können den Autos sagen, was sie machen sollen, wie zum Beispiel: »Starten, Gang einlegen, losfahren, stopp – Ampel ist Rot! Siehst du denn das nicht, du Idiot? Du dumme Blechkiste?«

Die Mercedes-Fahrer sind die Chefs, können im Auto machen, was Chefs am besten können: Befehle erteilen, Unschuldige – hier das Auto – niedermachen. Und darüber hinaus: Auf der Autobahn dauerhaft links fahren.

Technisch gesehen ist das Thema »Intelligenz im Auto« bei Daimlers kein Thema mehr, alles ist machbar. Doch was alles machbar ist, gemacht werden soll oder kann, darüber wird kontrovers diskutiert.

Wichtige Fragen werden unterschiedlich beantwortet, Fragen wie: Soll das Auto dem Fahrer auch antworten können? Soll es überhaupt so sprechen können, dass man sich mit ihm unterhalten kann? Wenn ja, mit welcher Stimme – männlich oder weiblich?

Fragen, die sehr spezieller Antworten bedürfen.

Auf die Frage, ob ein Mercedes auch antworten können soll, gibt es drei Antworten aus drei unterschiedlichen Lagern.

Ein Lager meint: »Nein, Chefs mögen keine Widerrede. Wenn sie schimpfen ist alles, was der Beschimpfte zu seiner Verteidigung sagt, unerwünscht.«

Ein anderes Lager meint, dass man das nicht durchgängig behaupten könne. »Manche Chefs schimpfen, weil sie etwas nicht verstehen, wollen dann von dem Beschimpften Antworten, damit sie es verstehen. Und mindestens einen Anlass haben, weiter schimpfen zu können.«

Das dritte Lager vertritt die Ansicht: »Mit einem Mercedes darf überhaupt niemand schimpfen, höchstens diskutieren. Wenn jemand mit einem Mercedes schimpfen sollte, dann muss dieser in der Lage sein, noch besser zurückschimpfen zu können.«

Uneinigkeit besteht auch bei der Frage, ob man sich mit einem Stern-Fahrzeug unterhalten, diskutieren können oder dürfen soll. Hier gibt es ebenfalls drei Lager.

Ein Lager meint: »Ja, mit einem Mercedes intelligent und neutral diskutieren zu können, zum Beispiel über Steuerpolitik und Maßnahmen gegen die Arbeitslosigkeit, ist eine feine Sache. Die passt auch sehr gut zu unserem Image, intelligente Lösungen anzubieten.«

Ein anderes Lager meint, dass man mit einem Stern-Modell schon intelligent diskutieren können sollte, doch nicht neutral. »Unsere Autos können unsere politischen, wirtschaftspolitischen und sonstigen Positionen vertreten, hier bestens überzeugend wirken.«

Das dritte Lager vertritt die Ansicht: »Wenn unsere Autos intelligenter sind als unsere Kunden, dann führt das zur Unzufriedenheit. Welcher Chef möchte schön dümmer als sein Auto sein?«

Das erste Lager meint gegenüber dem dritten Lager: »Unsere Autos sind heute schon vielfach intelligenter als deren Fahrer.« Das zweite Lager meint ergänzend: »Unsere Autos dürfen schon weit intelligenter als ihre Fahrer sein, wichtig ist nur, dass die das nicht merken.«

Differenzen gibt es auch hinsichtlich der Stimme. Obwohl nur die Wahl zwischen männlich und weiblich besteht, gibt es zu diesem Thema ebenso drei Lager.

Ein Lager meint: »Eine weibliche Stimme muss es sein, Chefs haben in der Regel auch Sekretärinnen.«

Ein anderes Lager meint: »Eine männliche Stimme muss es sein, denn nur solch eine hat eine höhere Durchsetzungs- und Überzeugungskraft. Wir wollen doch, dass unsere Autos das Kommando inne haben, ohne dass dies die Chefs merken, oder nicht?«

Das dritte Lager vertritt die Ansicht: »Je nach Anlass muss eine weibliche oder männliche Stimme zum Fahrer sprechen.« Weibliche Stimme, wenn der Mercedes Sekretärinnenarbeiten erledigen soll, zum Beispiel Vorlesen der Tageszeitung. Männliche Stimme, wenn der Mercedes in die Rolle eines Geschäftspartners schlüpfen soll, dessen Firma man möglichst geschenkt übernehmen will.

Das zweite Lager ergänzend: »Oder wenn er in die Rolle eines Beraters schlüpfen soll, der beispielweise vor einer Bundestagswahl dem Fahrer eine exakte Antwort auf die Frage gibt: Welche Partei soll ich wählen?«

Grundsätzliche Einigkeit unter Daimlers besteht hinsichtlich der Frage: Wie intelligent sollen unsere Modelle überhaupt sein?

Kollektive Antwort: »Nach oben keine Grenze, unsere Autos müssen in jedem Thema kompetent sein. Von Geografie über Geschichte und Physik bis hin zur Kinderpflege. Über alles auf dieser Welt müssen sie Bescheid wissen.«

Dies sei auch deshalb wichtig, damit ein Mercedes ebenso der gute, richtige und einfühlsame Gesprächspartner für einsame oder schwierige Stunden sein kann. Er hilft, zwischenmenschliche Probleme aufzulösen.

Wie weit diese Hilfe reichen könnte, darüber wird in allen Lagern noch gehämmert, geschraubt, geforscht und gerätselt.

Fest steht nur, welche Vorschläge auch kommen, der Antrieb, ob Brennstoffzelle oder nicht, ist zweitrangig.

Daimlers wollen etwas immer besser als die anderen machen. Nachrichten, dass andere das Bessere schon haben, schrecken sie dabei nicht.

Forschung: Gegen den Sonnenstich im Mercedes

Viele Mercedes-Lenker fahren in den Süden, verbringen dort einen Kurzurlaub oder den Haupturlaub und kommen mit einem Sonnenstich wieder. Es kann auch ein Hitzeschock sein, einhergehend mit diversen Kreislauf-, Seh- und Orientierungsschwächen.

Sie hatten ihr Auto zu lange in der prallen Sonne geparkt. Das Autoinnere war danach ein Glutofen, der für hitzige Köpfe sorgte. Meist anhaltend, wie man auf deutschen Autobahnen unschwer feststellen kann.

Kommt ein Mercedes-Fahrer zu seinem Glutofen, passiert in der Regel folgendes: Die Klimaanlage wird auf Höchsttouren geschaltet, gefolgt von einem Aufreißen des Schiebedachs und der Fenster. Die Kühle der Klimaanlage und der Zug des Fahrtwinds in einem sollen für schnelle Normal- oder Aushalt-Temperaturen sorgen. Wobei festzustellen ist: Durch das geöffnete Schiebedach wird der Stich durch die Sonne erleichtert.

Ein Phänomen, das auch, dies sei ausdrücklich erklärt, bei Fahrern anderer Automarken festzustellen ist.

Doch warum kommt es überhaupt zu solch einer Situation? Und warum so oft bei Lenkern von Mercedes-Modellen? Einige Daimlers meinen: »Die Mercedes-Fahrer begeben sich, im Vergleich zu Fahrern anderer Marken, viel öfters in den sonnigen Süden. Das können sie sich leisten.«

Wenige Daimlers meinen: »Unsere Autos sind so groß, finden in kleinen, schattigen Parkbuchten keinen Platz. Deshalb müssen sie auf sonnenüberfluteten Plätzen abgestellt werden.«

Eines Tages blieb die große Zahl der Mercedes-Fahrer mit zu heißen Köpfen auch dem Vorstand von Daimlers nicht verborgen. Zurückzuführen auf die Initiative »Senioren forschen«, welche in einem Brief an den Vorstand auf das Phänomen aufmerksam machte. In dem Brief waren auch gleich Lösungen aufgeführt.

Diese reichten vom Pflanzen von mehr Bäumen auf südlichen Parkplätzen bis werbliche Unterstützung der nördlichen, sonnenärmeren Urlaubsgebiete. Daneben gab es auch praktische Tipps: Keine Autos mit Schiebdach mehr anbieten. Herausgabe einer Informationsbroschüre »Sonnenstich – wehret den Anfängen«. Verkauf von Erste-Hilfe-Boxen mit Sonderpaket »Sonnenstich adieu!«.

Eine Handvoll weiterdenkender Daimlers erkannte, dass es tatsächlich zu viel Mercedes-Fahrer mit Sonnenstich gibt, bestätigten dies dem Vorstand, meinten allerdings, dass all die Vorschläge dieser Senioren-Initiative nichts seien. Die Wurzel des Übels sei der Glutofen im Fahrzeuginnern, dieser müsse verhindert werden. Man müsse die Quelle angehen und nicht die Symptome, indem man beispielsweise mehr Parkplätze im Schatten oder mehr Schatten für Parkplätze schafft.

Dem wurde seitens des Vorstands Glauben geschenkt, was nicht einfach war. Für die Schaffung von mehr Mercedes-gerechten Parkplätzen hätte man irgendeine Allgemeinheit, die Touristikbranche oder gar den deutschen Staat, zwecks Bezahlung der Kosten in Anspruch nehmen können. Doch bei der Konzentration aufs eigene Fahrzeug, da musste man selbst für die Kosten aufkommen.

Diese bittere Pille wurde geschluckt. Zumal der Spruch »Zurück zu den Wurzeln, keine branchenfremde Engagements mehr» seit geraumer Zeit im Konzern wieder up to date war. Mit diesem Spruch wurden Verkaufsbemühungen von autofremden Konzernteilen begründet, wie zum Beispiel MTU – Rüstungsbranche –, Chrysler – Geldvernichtungsbranche -, halt, letzteres stimmt nicht. Ist nur ein Wunschdenken.

Der Initiative »Senioren forschen» wurde für deren Mühen gedankt und mitgeteilt, dass man sich um eine fahrzeugspezifische Lösung bemühen werde. Sofort erarbeiteten die rührigen, engagierten Senioren neue Vorschläge. Diese reichten von der Herausgabe eines Faltblatts »Richtig parken – im Schatten» über Nur-noch-Anbieten von hellfarbigen Mercedes-Modellen bis Entwicklung und Verkauf einer Stand-Klimaanlage.

Das Im-Schatten-parken-Faltblatt wurde von Daimlers realisiert, weil leicht möglich und kostengünstig. Harte Diskussionen gab es hinsichtlich der Autofarben.

Über das physikalische Prinzip, ein weißer Mercedes absorbiert mehr Sonnenstrahlen als ein dunkler, heizt sich somit nicht so stark auf, wurde nicht gestritten. Lediglich darüber, ob die Mercedes-Kunden dieses Prinzip auch kannten und wenn ja, ob sie es akzeptierten.

Besonders Letzteres war nicht einfach zu beantworten. Selbstbewusste Mercedes-Fahrer, zugleich auch Chefs, sehen sich durchweg in einer seriösen Rolle. Zu der nur zwei Farben passen: Dunkles Dunkelblau und tiefes Schwarz – Farben der optischen Seriosität.

An einer Farbneuorientierung dieses Klientel war nicht zu denken, auch wenn unter diesen – vermutlich – die Sonnenstichrate besonders hoch ist. Zurückzuführen nicht auf die südliche Ferienwohnung oder gar auf das Ferienhäuschen, die des öfteren besucht sein wollen. Diese Mercedes-Fahrer sind schon in Deutschland höchstgradig Sonnenstich-gefährdet – aufgrund der Autofarbe. Der neuere Volksmund hat hier auch schon eine Weisheit parat: Wer heute seriös sein will, lebt gefährlich!

Im Vorstand einigte man sich, eine Stand-Klimaanlage im Konzern entwickeln zu lassen. Sie sollte ausschließlich im geparkten, also stehenden Mercedes funktionieren, für angenehme Kühle im Innern sorgen, analog einer Stand-Heizung. Vom Prinzip her nur umgekehrt: Statt Wärme Kälte.

Doch das Problem der Umsetzung war ein schwieriges.

Die ersten Klimaanlagen, wahre Energiefresser, sorgten tatsächlich für eine angenehme Temperatur im Autoinnern, auch nach stundenlangem Parken in extrem praller Sonne. Doch die Autotestfahrer hatten nicht viel davon. Als sie zu den Fahrzeugen kamen, war die Batterie leer, die Stern-Autos konnten nicht gestartet werden. Den Anlagen wurde daraufhin das Energiefressen abgewöhnt. Was diese mit dem

Zulassen von Hitzetemperaturen, knapp unter Glutofengraden, quittierten.

Dann kam Audi. Das heißt, das Gerücht kam auf, dass Audi über ein gläsernes Autoschiebedach mit Sonnenkollektoren verfügte, das die Energie des heißen Planeten in Strom für eine Stand-Klimaanlage umwandeln könnte.

Das Gerücht wurde als Gerücht abgetan – »Mit so etwas beschäftigen wir uns nicht!« -, doch die Idee wurde aufgenommen: Das Autodach als Sonnenenergieumwandler und Stand-Klimaanlage-Energiespender zu nutzen.

Man entwickelte und entwickelte, man entwickelt heute noch.

Über drei Ecken herum ist der an sich löbliche Satz zu hören: »Wenn wir etwas machen, dann machen wir es richtig und vor allem besser als die anderen.«

Soll heißen: Da Mercedes-Fahrer äußerst komfortbetont sind – der Komfort muss besser als der in Modellen anderer Fahrzeughersteller sein –, will man auch eine Stand-Getränkekühlbox, zusätzlich zur Stand-Klimaanlage, vom Autodach aus mit Energie versorgen. Motto: Wenn der Mercedes-Lenker verschwitzt und durstig zu seinem Gefährt kommt, findet er nicht nur eine erfrischende Kühle, sondern auch erfrischende Getränke vor.

Nach bisher unbestätigten Informationen soll das neue Angebot zum nächsten Sommer unter »Mercedes – Ihre kühle Oase im Sonnenmeer» auf den Markt kommen.

Böse Zungen behaupten jetzt: »Warum erst nächsten Sommer? Bei Daimlers schlägt Komfort den Sonnenstich. Erst wenn das Komfortangebot stimmt, wird etwas für die Mercedes-Fahrer-Köpfe unternommen.«

Etwas ruhigere Zeitgenossen sehen die Sache positiv: »Immerhin und gottlob, ab nächsten Sommer ist mit einer Reduzierung der Sonnenstichquote unter Mercedes-Fahrern zu rechnen.«

Zuerst kommt die Statistik, dann die Reaktion. Die Statistik: Von vielen Vielfahrern konnten viele das schwarze Mercedes-Armaturenbrett nicht mehr sehen. Ein Lehrling hat hierauf reagiert.

Farbe hinterm Lenkrad: Lehrling trifft Vorstandsentscheidung

Statistiken bei Daimlers sind heilig. Steht etwas in einer Statistik wird es geglaubt, auch wenn die Realität eine andere ist. Im doch etwaigen Zweifelsfall wird die Realität der Statistik angepasst.

Die Heiligsten unter den Heiligen sind die Kundenstatistiken. Also die Zahlenwerke, die über Kunden und ihre Besonderheiten – Merkmale – informieren.

Um immer auf dem neuesten Stand zu sein, Futter für die Statistiken zu bekommen, werden Umfragen veranstaltet. Ganze Heerscharen von Befragern – Interviewer – befragen Autofahrer nach deren Meinungen, Ansichten und Wünschen, wo sie diese gerade treffen. Oder wo diese nicht abhauen können.

Den Rekord hält eine fünfundzwanzigjährige Blondine. Sie schaffte hundertelf Interviews an einem Tag. Sie stand auf einer Autobahnraststätte vor der Herrentoilette.

Befragt werden natürlich nicht nur Mercedes-Fahrer. Bei den Fahrern von anderen Modellen will man wissen, was diese zu diesem Wahnsinn getrieben hat. Und wie stark der Wahnsinn ausgeprägt ist: »Warum fahren Sie gerade jenes Modell jenes Herstellers?« – Auch hier, die Bezeichnung »Autohersteller» wird vermieden. Ehre wem Ehre gebührt.

Die Aussagen werden ausgewertet, bewertet und interpretiert.

Zum Beispiel: Die Antwort »Ja» auf die Frage: »Fühlen Sie sich in Ihrem Auto wohl?« wird interpretiert mit: »Verbringt auch Schäferstündchen in seinem Auto«. Folgt die

Antwort »Ganz allgemein» auf die Frage: »Warum fühlen Sie sich in Ihrem Auto wohl?« lautet die Interpretation: »Hat Sex im Auto, nicht nur mit der Ehefrau«.

Fertig gestellte, aktuelle Statistiken sorgen immer wieder für neue Kundenangebote. Zum Beispiel: Das neue Angebot für im Auto Liebende – »Schäferstündchen» – beinhaltet: Kuschel-Rock-CDs, Kühlbox mit zwei integrierten Sektkelchen oder, je nach Wahl, zwei Cognacschwenker, Bier-, Wein-, Whisky- oder Fruchtsaftgläser.

Dazu einen Getränke-, Blumen- und Sandwichlieferservice sowie flauschige, farbenfrohe Zudecken, die auch als Unterlagen neben dem Auto verwendet werden können.

Im Fall »Sex mit wechselnden Partnern» kommen weitere Angebote dazu, wie Fotoapparat oder Filmkamera, Autogästebuch, Souvenirbox – für Souvenirs wie Strumpfbänder, Höschen, BHs, Haarsträhnen, Kussmundkarten und so weiter –, armaturintegrierter Parfümspender sowie eine im Sitz eingebaute, lendenbetonte Heb- und Senkautomatik. Leicht einstellbar – von minutenlangsam bis zehntelsekundenschnell.

Jüngst sorgte eine neue Statistik bei Daimlers für helle Aufregung. Sie entstand aus den Antworten der Wahnsingen, die irgendwann einmal normal waren. Irgendwann einmal einen Mercedes fuhren.

Auf die Frage: »Warum sind Sie von einem Mercedes auf ein anderes Modell umgestiegen?« antworteten sie vielfach – neben Unwahrheiten wie: Die Stern-Modelle wären zu teuer oder die Freundlichkeit der Stern-Modelle-Verkäufer ließe zu wünschen übrig –, dass sie das Mercedes-Armaturenbrett nicht mehr sehen könnten.

»Warum denn nicht, es ist doch so schön?«, wurden die derart Antwortenden sogleich befragt.

Es stellte sich heraus: Sie, durchweg Vielfahrer, also viele Stunden pro Woche, Monat und Jahr im Auto unterwegs, sahen immer wieder das gleiche Armaturenbrett. Auch über Modellgenerationen hinweg. Was sie als eintönig bis nervig einstuften.

Das immer gleichaussehende Armaturenbrett war nach Aussage eines Hilfskochs in der Sindelfinger Werkskantine zurückzuführen auf: Um Kosten zu sparen, hatte man sich bei Daimlers für ein Armaturenbrett entschieden, das sehr, sehr lange, über viele, viele Modellläufe hinweg, so bleiben konnte, wie es war.

Die Unzufriedenen kauften Fahrzeuge anderer Marken, nur um endlich einmal ein anderes Brett vor Augen zu haben.

Hektik brach bei Daimlers aus, verbunden mit der Frage: »Wie können wir die noch im Lager befindlichen vielen Armaturenbretter weiter nutzen, gleichzeitig aber für mehr Abwechslung, natürlich kostengünstig, zwischen Lenkrad und Windschutzscheibe sorgen?«

Die Autolackiererei bot an, während Nachtschichten die Bretter verschiedenfarbig zu gestalten. Die Mitarbeiter des konzerneigenen Kindergartens in Stuttgart boten an, zusammen mit ihren kleinen Schützlingen lustige Figuren auf Geschwindigkeitszeiger und Drehzahlmesser zu kleben.

Die Konzernschreinerei erklärte sich bereit, spezielle, maschinell gefertigte Holzfiguren, wie zum Beispiel Graf Dracula, Klöckner von Notre Dame oder Helga Ganz-weg-von-Sinnen an Wochenenden herzustellen. Darüber hinaus verschönernde Handschnitzarbeiten, zum Beispiel kleine Tannenbäume bis stehende Phallussymbole. Holzfiguren und Schnitzereien waren zum Aufstellen aufs Armaturenbrett gedacht.

Die Köche der Kantine im Werk Sindelfingen meinten, Tannenbäume wären zu einfallslos, Phallussymbole zu geschmacklos. Sie schlugen Essbares als Motiv vor: Hähnchen, Schweinshaxen, Forelle, Pommes frites, Schwarzwälder Kirschtorte, Bratapfel.

Die Reinemachefrauen in den Werken Stuttgart und Sindelfingen, durchweg esoterisch angehaucht, setzten sich für das Anbringen von Täfelchen mit Lebensweisheiten ein. Diese könnten den Mercedes-Fahrern stets verdeutlichen, wo es langgeht. Beispiel: »Sei stark, schaue nach vorne, nicht mehr nach hinten, orientiere dich am geraden Weg, will dir jemand diesen Weg verstellen, bekämpfe ihn!«

Eine spontan gegründete Sekretärinnen-Arbeitsgemeinschaft schlug Aufklebbilder mit playboyähnlichen Männer-

und Frauenmotiven vor. Dagegen wandten sich die Mitarbeiter des Stuttgarter Kindergartens. Wenn überhaupt, dann sollten es familienorientierte Motive sein. Wobei die Sekretärinnen meinten, dass ihre Vorschläge irgendwo auch familienorientiert wären.

Vorschläge über Vorschläge gingen bei der Sammelstelle für das betriebliche Vorschlagswesen ein. Die Qual der Wahl entstand. Für welche Maßnahme sollte man sich entscheiden? Man überlegte und überlegte, dann fiel die Lösung vom Himmel.

Ein Auszubildender in der Einkaufsabteilung verstand das ganze Problem komplett falsch. Er meinte tatsächlich, dass es an Armaturenbrettern fehlte, dass Fehlen der Bretter im Lager das Problem wäre, man somit neue bestellen müsste.

Er bestellte neue Bretter, wiederum in Massen – wegen der Kostenersparnis. Auf dem Bestellschein unterlief ihm allerdings ein Fehler. In der Rubrik »Farbenwahl» kreuzte er aus Versehen »Verschiedene» statt »Schwarz» an.

Verschiedene wurden geliefert, Hellbraune, Feingelbe, Zartrote, Schnörkellosperlmutweiße, Marineblaue, Rauchsilbergraue, Frischfeingrüne. Und da sie schon einmal da waren, wurden sie auch in Mercedes-Modelle eingebaut.

Die Folge ist aus der neuesten Statistik zu ersehen. Von zehn Vielfahrern finden 9,6 die neuen, farbigen Mercedes-Bretter affengeil.

Das Zustandekommen der Mehrfarbigkeit im Mercedes-Fahrerblickfeld ist bei Daimlers ein streng gehütetes Geheimnis. Klar, welcher Konzern möchte schon zugeben, dass auch ein Lehrling eine erfolgreiche Vorstandsentscheidung treffen kann? Und das auch noch unfreiwillig?

Nach außen wurde alles als eine wohldurchdachte Handlung aufgrund von weitreichenden Auswertungen von tiefgehenden Statistiken dargestellt.

Apropos Statistik: Immer noch wird gerätselt, warum von zehn Vielfahrern nicht zehn, sondern nur 9,6 die neuen Bretter affengeil finden. Welcher 0,4 Vielfahrer hat da noch eine andere Meinung?

Wie finden wir den?

Oft werden Daimlers um milde Gaben gebeten, die dann höhere Geldbeträge sein sollten. Man zeigt sich offen, jedes Ansinnen wird zumindest beantwortet.

Sponsoring: Tausche Seehunde gegen Affen

»Wir möchten unser Seehundbecken ausbauen, auch drei neue Seehunde anschaffen. Zu diesem Schritt haben wir uns entschlossen, weil es vor allem Kinder sind, denen die Seehunde viel Spaß und Vergnügen bereiten. Ein größeres Seehundbecken und mehr Seehunde dürften noch mehr Kinder anlocken und erfreuen. Um unsere Pläne umsetzen zu können, benötigen wir weitere finanzielle Mittel. Über eine Geldspende würden wir uns sehr freuen.«

Solche und ähnliche Bittbriefe kommen bei Daimlers täglich an. Einerlei welchen Inhalt sie haben, um was gebeten wird, alle werden zumindest beantwortet. Daimlers begründen dies mit: »Als Großkonzern haben wir auch gesellschaftliche sowie kulturelle Verpflichtungen, denen wir uns gern stellen.« Das heißt, stellt man sich tatsächlich, wird ein Sponsorbeitrag, eine Spende oder ein Zuschuss bezahlt.

Etwas bezahlt wird aber nur, wenn es sich mit dem Image vereinbaren lässt.

Ein Projekt »Aufrichten von gefallenen Mädchen» – von gefallenen Mädchen initiiert – hat grundsätzlich schlechte Chancen, eine Zuwendung zu erhalten. Gleiches gilt für das Ansinnen: »Jedem Bürger seine eigene Kläranlage» – eine Umweltinitiative, die sich für den bewussten Umgang mit Wasser einsetzt. Auch meint, dass man menschliche Ausscheidungen zum Düngen von Salatköpfen nehmen sollte. Um dies zu erreichen, wäre das Fallklo oder der Donnerbalken nicht unbedingt das Schlechteste, was das Auffangen der Ausscheidungen betrifft.

Bezuschusst werden Vorhaben, die mit den Interessen von Daimlers auf einer Ebene liegen. Somit werden Beteiligungen an Projekten abgelehnt wie: »Mehr Kinderspielplätze, weniger Autos» – eine Elterninitiative, welche sich für die Umwandlung von Straßen in Spielplätze einsetzt. »Jeder Autofahrer muss eine Garage haben» – die Forderung einer Radfahrerorganisation, welche den Autoverkehr eindämmen möchte. »Fünf Euro für einen Liter Sprit» – das Projekt einer Arbeitslosenorganisation, welche für eine höhere Arbeitslosenunterstützung eintritt, über den Spritpreis finanziert. »Autofahrer unterstützen Städte» – eine Initiative verarmter Städte, denen das Londoner Beispiel, Autofahrer müssen für die Einfahrt in die Innenstadt eine Gebühr bezahlen, besonders gefällt.

Darüber hinaus werden Projekte unterstützt, manchmal zumindest, an denen man bei Daimlers glaubt. Mit denen man sich identifizieren kann.

Beispiele: »Rettet die Kröten» – eine Schülerforderung gegen den Rückbau von Straßen, die Kommunen sollten das Geld – Kröten – lieber sparen. »Segeln macht frei» – eine Aussage von Segelyachtbesitzern, die einen Verein gründen und andere Yachtbesitzer als Mitglieder gewinnen wollen. »Wir brauchen bessere Spieler» – das Ansinnen eines Bundesligafußballclubs, dem Millionen für den Spielereinkauf fehlen. »Mehr Anreize schaffen» – eine Arbeitsgemeinschaft von Golfern, die sich für höhere Preisgelder bei Golfturnieren einsetzt.

Auf die Bittbriefe wird entweder schriftlich oder telefonisch reagiert. Mit dem Reagieren sind gleich mehrere Daimlers hauptberuflich beschäftigt. Sie lehnen gleich ab oder erkundigen sich näher.

Auf den Bittbrief eines Zoologischen Gartens im Stuttgarter Großraum wegen des Ausbaus des Seehundbeckens und der Anschaffung von weiteren Seehunden wurde telefonisch reagiert.

Der Daimler-Mitarbeiter, der den Zoodirekter, den Bittbriefschreiber, anrief, gehörte zu denen, die etwas gegen das »C» bei »DC» haben, ganz tief, ganz fundamental. Schon seit geraumer Zeit hatte er das Gefühl, dass es mit »D» wegen »C» den Bach hinunter geht.

Jetzt auch noch dieser Rechtsstreit in den USA? Wegen angeblichen Falschaussagen gegenüber einem einstigen »C«-

Großaktionär, diesem Kirk Kerkorian. Ihm soll gesagt worden sein, dass die Übernahme eine Fusion sein sollte? So ein Quatsch! Sie ist die überreichliche Fütterung eines Pleitegeiers, der, weil Pleitegeier, seinen Zustand nicht ändern kann.

Wo soll das noch hinführen? Das kostet doch wieder jede Menge Geld. Und warum das alles?

Der Zoodirektor erklärte nochmals alles. Das mit dem Seehundbecken, mit den Seehunden und den ach so glücklichen Kindern.

Skeptisch fragte der Daimler-Mitarbeiter: »Und was haben wir davon? Wie erfährt die Öffentlichkeit, dass wir uns finanziell beteiligt haben?«

Der Direkter ganz entgegenkommend: »Wir stellen ein Hinweisschild auf und wir benennen die neuen Seehunde nach Ihnen. Sie können sich die Namen heraussuchen.«

Plötzlich hatte der Daimler-Mitarbeiter Schrempp und andere vor Augen.

Spontan fragte er den Zoodirektor: »Geht das auch mit Affen? Wollen Sie nicht Ihren Affenkäfig vergrößern?«

Seid lustig, trinkt
Trollinger
www.pro-trollinger.de

Wein direkt vom Winzer

Wein aus Württemberg
Über 200 Kauftipps zu Schnäppchenpreisen
Gerd Zimmermann

Wer direkt beim Erzeuger einkauft, der spart bares Geld. Doch nicht alles ist beim Erzeuger preiswert und gut. Der Wein-Schnäppchenführer informiert über die besten Weine aus besten Lagen zu günstigsten Preisen pro Weinerzeuger – von Weingärtnereien bis Selbstvermarkter. Weiter über vorteilhafte Werbeaktionen, die Weinerzeuger veranstalten, um in ihren Kellern und Fässern Platz für neue Jahrgänge zu schaffen. Aktionen, die für professionelle Einkäufer bzw. Weinwiederverkäufer gelten, doch auch von privaten Weinzähnen genutzt werden können. Darüber hinaus wird über weitere, besondere Winzerangebote informiert, wie z.B. Sekte, Perlweine, Schnäpse, Traubenkernöle, Traubensäfte, Ferien auf dem Weingut. Wer Weinerzeuger vor Ort besuchen möchte, der erfährt Wissenswertes über Weingut, Besuchzeiten, Kellerbesichtigungen, Weinproben und Besenwirtschaft – ergänzt mit humorvollen und lustig illustrierten Geschichten, Erzählungen, Begebenheiten.

Erscheint im Februar 2004

Schwarzwald, wo sind deine Tannen

Gerd Zimmermann

Der Schwarzwald, ruhig, lieblich, schön und schwarz, ein Urlaubsparadies mit vielen Attraktionen: Baumstumpfhüpfen bis Holzfällerolympiade – ausgedacht von heimischen Touristikfachleuten, die auch wollen, dass das ortsansässige Rettungswesen sowie die Krankenhäuser von Touristen genutzt werden. Das vielfältige Angebot beinhaltet ebenso Spiele, z.B. ein spezielles Cowboy-Siedler-Indianerspiel für Amerikaner, bei dem die Indianer gewinnen. Zu den besonderen Attraktionen gehören weiter das Reiten mit einer Reitlehrerin, der Champagner im Lift, die Wasserflasche von den Triberger Wasserfällen sowie die vielen netten Schwarzwaldmädels in der Hotelbar. Fürs Überleben ist es wichtig, keine Touristen nach dem Weg fragen, auf attraktive Sonderangebote in Schwarzwälder Supermärkten sich nicht einlassen. Ansonsten kann es passieren, dass die eigene Frau das Weite sucht oder eine Zigarre kauft, die das Sichübergeben (Kotzen) fördert. Wer den Kick der Kicks sucht, das ultimative Erlebnis, der besorgt sich eine Schwarzwaldcard, die Fahrkarte zum Eintrag ins Buch der Weltrekorde oder in die Hölle. Wer mit blauem Auge das Abenteuer „Schwarzwaldcard" überlebt und männlich ist, kann auf einer Tannenparty darüber nachdenken, wie eine Frau die Karriere eines Mannes fördern könnte, wenn sie denn wollte.

Erscheint im Januar 2004